新潮文庫

放課後の音符《キイノート》

山田詠美著

新潮社版

5432

目次

Body Cocktail……………7

Sweet Basil……………33

Brush Up……………57

Crystal Silence……………83

Red Zone……………109

Jay-Walk……………135

Salt and Pepa……………161

Keynote……………187

放課後が大好きな女の子たちへ

――あとがきにかえて　213

解説　堀田あけみ

扉描き文字　沢田としき

Body Cocktail

カナは十七歳だけど、もう男の人とベッドに入ることを日常にしている。彼女の話を聞いていると、色々な男の人が登場して来て、それだけでも驚きなのに、その人たちが彼女と普通にベッドに入るので、もっとびっくりしてしまう。そんな私を、カナは、ふふふと笑うのだ。そして、言う。あら、寝るだけよ。寝るだけといったって、眠るわけではないのだから、私は、その様子を想像して、ますます困ってしまうのだ。私はまだ、男の人と、ただ、寝たことがない。

カナは別にクラスで人気のある女の子ってわけじゃない。人気がある女の子は、よく笑う可愛《かわい》らしい子たちだ。はやりの洋服を着て、男の子たちの言うことに一喜一憂する女の子たちだ。そして、そういう子は、教室の中でも、とっても目立つ。目立つ女の子に目が行くのは仕様がない。だって、十七歳なんて、まだ子供だもの。

目に見えないものに惹《ひ》かれる程、余分なものに飢えてはいないない。自分の目や、そこから見て、心がとらえるものを、皆、素直に信頼しているのだ。

そういうわけで、クラスの男の子たちは、カナの魅力になんて気がつかない。私から見ると、彼女の良さに気付き始めたら、その子は大人に近付きかけたな、なんて思うのだけど、まだ、そういう子はいないみたいだ。彼女自身も、誰々と寝たわ、なんていう話は、私ぐらいにしかしないから、誰も彼女のすごさになんて気付いちゃいない。

他の女の子たちときたら、彼とキスをしたとか、デートのお迎えの車が何だったとか、もうじき、ベッドまで行っちゃいそうなんてことを、昼休みや放課後に、わいわい騒ぎながら、全部がまるで大事件のように騒ぐので、そういうことは、すぐに大事件じゃなくなってしまう。

カナは、そういう話を、黙ってにこにこしながら聞いている。それでなければ、すぐにすっと立ち上がって、どこかに消えてしまう。決して、自分と自分の男の人たちのことを、吹聴《ふいちょう》したりはしないのだ。だから、女の子たちは、彼女に何の色っぽいこともないと思っている。

でも、私だけは知っているんだ。彼女は、皆とお喋《しゃべ》りをしている時、ソックスなんて履いているけど、それは、足首にいつも巻いてある金のアンクレットを隠すためだってこと。男の人と会う時だけ、彼女は、それを見せるのだ。シーツの上で、さらさら揺れると、綺麗《きれい》なのよ。そう、私に言ったことがある。それも、ココアにバターを落すと、おいしいのよ、というような自然な調子で私にひそひそと話して聞かせるのだ。

クラスで一番人気のある女の子は、よく泣いたり笑ったりする。微笑《ほほえ》むと片頬《かたほお》にえくぼが出来て愛らしい。とてもお茶目で、世話好きだ。誰もがその子に心を奪われるけど、私は、なんだかわざとらしくて好きじゃない。その子とつき合いたいと思っている男の子たちも好きじゃない。だって、そんなの当り前過ぎる。当り前のハイスクールライフなんて、ちっとも胸をときめかせない。かと言って、胸をときめかせている素振りで、セックスについての体験談を話すなんて、私は、もっと嫌《いや》だ。そういう子たちの恋って、なんだかTVドラマみたいだと思う。

カナは必要以上に笑ったり、はしゃいだりしない。いつも静かに本を読んだり手紙を書いたりしている。私がある時、誰に書いてるの？　ってのぞいたら、彼女は、微笑しながら、私のいい人にってひと言、言った。便箋《びんせん》は、横に控え目なグレイのラインが引いてあるだけのシンプルなやつだった。ずい分、あっさりとしてるね。私はそう言った。すると、彼女は片目をつぶって、悪戯《いたずら》っぽく笑って言った。

「書くことが、すごく情熱的だから、このくらい地味なのでいいのよ」

彼女は、他の子たちと違って、シンプルな黒いセーターだけを着ていることが多い。アクセサリーも、隠されたアンクレットの他は、学校の外で小さなピアスを入れているだけだ。

シンプルな便箋の上に情熱的な言葉が流れているように、飾りのないシーツの上で彼女は、熱い気持で寝返りをうつのかもしれない。そう思いついて私は顔を赤くした。そんな彼女の長い髪を、ゆったりと梳《と》かす男の人の五本の指がきっと側《そば》には置かれている筈《はず》だ。私は、音楽をよく知らないけれども、そんな時、きっと、シャンソンが流れているような気がする。カナには、そういうちょっと疲れたものが似合うと思うのだ。

私は、彼女に比べてなんて子供なのだろうと、時々、嫌になる。私は、まだセーターには可愛らしい模様が編み込んである方が好きだし、下着だってコットンのやつにレースの飾りがあるようなのが好きだ。カナのように、何のアクセサリーもなしに黒いセーターだけを身に付けるような潔《いさぎよ》さを持たない。

あなたはあなたよ。そんなふうに慰める時の彼女は、大人びているけれども決してお姉さんぽくはない。彼女は、妹のような存在や、どこかに連れだって歩く仲間のような友だちを持たない。彼女はいつもひとりで独立している。他人に自分をすり合わせて、糸を引かせるようなべたついた関係を持たない。すごいなあ、と、だから私は感嘆してしまうのだ。なにも私たちの年頃《としごろ》でなくたって、人々は、他人と組み合わせなくては自分の存在を確認出来ないのだもの。

そんなに私、大人じゃないわ。私の言葉に少しはにかみながら彼女は言う。男と寝ているからって、それが大人だってことじゃあ、ないのよ。そんなこと、私だって解《わか》っている。寝るだけのことなんて、体が大人の私たちになら誰でも出来ることだ。ディスコにすこしお洒落《しゃれ》して行けば、寝ることの大好きな男の子たちが次々に寄って来る。

だけど、私は思うのだ。こんな子たちと寝たって、甘い音楽の流れるようなベッドの時間なんて、訪れる筈がないのだ。シーツのしわが、そのまま五線紙になって、それを柔く蹴《け》とばす足先が、やさしい調べを奏《かな》でるような、そんな時間など、決して持てる筈がない。

「私、カナのように男の人とつき合いたいな」

そんなふうに夢見る私を彼女は笑う。

「恋って、甘くて怠《だる》いだけじゃあないのよ」

一所懸命な部分があるからこそ、甘い部分もあるのだと彼女は言い、私は、彼女がいつ一所懸命になっているのかは少しも見ることが出来ない。大人は隠しごとが上手だ。私は、小さい時に両親を見て泣きながら思ったことを、再び彼女から感じ取る。私の父と母は、離婚するその日まで、二人の関係が壊れていたことを私に悟《さと》らせなかった。

父と母のどちらが愛を失ってしまったのか私には解らない。あるいは、愛自体が自然に色あせてしまったのかもしれない。どちらにせよ、離婚届けにサインをした後で、私の選択を待っていた両親は、その時、私が生まれてから初めて夫婦ではなくなっていた。あおざめた顔で静かに座っている母は、ぞっとする程、美しかったし、苦いおくすりを飲んだ後の表情を作っている父は、はっとする程、素敵な大人の男に見えた。私は、見知らぬ男女を見ているような気がして、呆然《ぼうぜん》としていた。私はこの見たこともない男と女と共に、何年も暮らして来たのだと思うと、とても不思議な気がしてならなかった。私は、少し迷ったのちに、父の方をおそるおそる見て微笑んだ。その時、母は眉《まゆ》をしかめて苦しさに耐えていたようだった。私は母だって好きだった。でも、父と一緒に生活をして行くことを選んだ。だって、男の人の方が女である私を必要としているように、その時、思ったのだ。そして、私の選択は正しかった。家を出る時、母を迎えに来たのは若い男の人だった。母は決して幸福そうには見えなかった。だけど彼女は、幸福そうに見えた私たちとの生活よりも、そちらの方を選んだのだ。時には、不幸の方を選ばざるを得ないのだなあ、と、私は母の寂しげな後ろ姿を見て思った。男と女のことに関する限り、時には幸福よりも不幸の方が人をひきつけるものだということを私は、その時、学んだのだった。

カナの表情を見て、私は、そのことを思い出したのだ。子供っぽい質問をする私を彼女はやさしく微笑みながら許す。その時の横顔には、あの時の母と同質のものが浮かんでいる。それは男と女のことをよく知らない私を恐《こわ》がらせ、そして、ひきつける。少し、危ない気がする、と私は思う。それなのに、体に悪い煙草《たばこ》を吸う女が、素敵に見えるのと同じように、私をとりこにしてしまうのだ。

自分にとりこになっている人間は男でも女でも、きっと可愛く見えるのだろう。カナは、私にやさしかった。教室の中の女の子のお喋りには冷たいと言ってもよいくらいの視線を向ける彼女だけれど、私の話は、とても熱心に聞いてくれるのだった。そして、ちょっとした相談にも、適切なアドバイスを返してくれる。私はひとりの男の子を好きになりかけていた。

その男の子は上級生だった。だから、それ程、ひんぱんに会うわけではなかった。それなのに、ある日、私が自分自身の気持に気付いた時、つまり、自分がその上級生に憧《あこが》れているのだと悟った時から、彼の姿はしょっちゅう私の瞳《ひとみ》の中に入って来るようになった。たとえ、うんと離れたところだろうと、ちらりと私の視界をよぎる彼の姿を見のがしたことはなかった。そんな時、私の胸の鼓動ははやくなった。私は、どうしてよいのか解らなかった。遠く離れた場所で友人と話をしている彼の姿を見る。彼は、私になど、もちろん気付かない。それなのに、私は明らかにあがってしまうのだ。彼が、少なくとも私の視界に入って来る位置にいるというその事実が、私の手や足をぎくしゃくとさせてしまうのだ。

そんな私にカナは素早く気がついた。そして、彼と、赤くなって下を向いていた私を交互に見て、うふふふと笑った。私は消え入りそうな気分で、呟《つぶや》いた。

「そりゃあ、カナに比べたら、あまりにも子供っぽいかもしれないけどさ」

「ごめんなさい。別におかしくって笑ったわけじゃないのよ。微笑ましくっていいなあって思っただけなの」

彼女は、すまなそうに、けれども笑いを声ににじませて言った。

「自分の気持、伝えてみたらいいのに」

私は、とんでもないというふうに首を横に振った。

「まだ話をしたこともないのよ」

「関係ないわよ。だって、話す前に好きになっちゃったんでしょう？　よくあることよ」

「どうして、こういう気持になっちゃうのかなあ。何もまだ知らない人なのに、その人に対して、どうして、こんな気持が生まれちゃうんだろ」

「知らないからこそ、なんじゃないの？」

「カナもそう?」

彼女は少し考えていた後、頷《うなず》いた。

「何故《なぜ》、あの人を選んだんだか解らないの。気がついたら、私の視線は、あの人のところで止まってたの」

頬を染めて、そう興奮気味に話す私を、カナは妹を見るような目つきで見ていた。

「視線が止まった時には、もう心も痛いのよね」

彼女はそう言い、私はそんな彼女を不思議そうに見た。私の胸は確かに息苦しかったけれども、痛みなどは少しも感じてはいなかった。それは、むしろ酸《す》っぱいという感覚に似ていた。彼のことを思うたびに、私の心は、まるで酸っぱい果実を思い浮かべた時のように、きゅんとくぼむのだった。

カナが男の人とするように、私が彼と同じベッドで眠ることを想像すると、私はたまらない気持になる。誰に見られている訳でもないのに、そういうことを考えている私の心を、とても恥しいと感じる。そして、恥しいのに今、彼に対する気持の延長上には、そうすることを望む気持があるのが解る。いったい、話をしてもいない男の人と、そんなことになるなんて、あり得ることかしら。

「あせること、ないわよ、全然。その内、誰でも体験することなんだし、色々と、苦しい思いだってしなくちゃならないし。なにも、早くから男の人のことで心を悩ませることなんてないのよ。よけいな苦労なんて、しない方がいいのよ、本当よ」

カナは、一息にそう話して、うつむいた。彼女は下唇《したくちびる》を噛《か》んでいた。なんだか、むきになっているみたい。私は、カナらしくないなあって思っていた。むきになること程、彼女に不似合いなものはないと思うのだ。もしかしたら、彼女も、時には男の人に対して私のような気持になることがあるのかしら。いつも、水のようにしっとりと男の人の気配をしみ込ませている彼女でも、私のように訳が解らなくなったり、混乱して、うろうろと歩きまわったりすることがあるのかしら。

カナは、そんな私の思いには気付かない様子で大人のような横顔を見せている。最近、少しやせたみたいだ。彼女は黙ったまま頬杖《ほおづえ》をつく。その時に見えた彼女の爪《つめ》には、落したばかりなのだろうか、赤いエナメルがうっすらと残っている。彼女は、いつも私に男の人の存在を感じさせる。隠そうとして急いで除光液を使ったかち、エナメルを残してしまったのでは決して、ない。彼女はそんなに気のつかない女の子ではない。今、確かに、何かが彼女を上《うわ》の空にさせているのだ。

「ねえ、カナは今まで何人ぐらい男の人を知っているの？」

私は尋ねた。どのくらいの男の人を乗り越えれば、こんなに子供っぽくそわそわしたりする気分から解放されるのか、私は知りたかった。

「多くないわ」

「初めての時ってどうだった？」

「忘れたわ」

「どうして?!」

「だって、今の私にとって重大じゃないことだもの。どんな人だったかは、もちろん覚えてるけど、それだけよ。昔、好きだった人に関する記憶なんて、なんの役にも立たない。男の人って、みんな違うのよ。だから、そのたびに悲しくなるんだわ」

驚いたことに、カナはそこまで言うと、しくしくと泣き始めた。私は彼女の肩を抱いてやることも出来ずに、すっかり困っていた。彼女はしばらくの間、しゃくりあげていた。涙は、後から後から湧《わ》いて来て、側にたたずむ私を怖気《おじけ》づかせた。新しい男の人のための新しい涙なのかなあ。私は彼女の気も知らずに呑気《のんき》にそんなことを考えていた。彼女は泣く時に、顔をくしゃくしゃにしたりはしない。それなのに大粒の涙が流れ落ちる。まつ毛の上に雨が降っているように、瞳だけで泣いている。カナは、男の人のために泣くことに慣れている。私はそう思った。彼女は、男の人とベッドに入ることを日常にしているのと同じように、男の人のために涙を流すことも日常にしているのだ。私には、よく解らない。男の人のために泣いたことなどないのだもの。体を合わせて愛し合うようになるってことは、と私は思いつく。時々は、その人のために泣かなきゃいけないっていうことなのかしら。王子様の側にいるための足をもらった人魚姫が言葉を失ったように、何かをなくさなくてはいけないのかしら。

「ごめんね。泣いたりして。誰かの前で泣きたかったんだ。きっと、そう。見てる人が誰もいないのに泣くのって寂しいじゃない」

そう言って彼女は涙を拭《ぬぐ》って微笑した。

「その人の前では泣かないの？」

「嫌なの。きっと、彼は私を子供だと思って同情するわ」

「そんなに大人なの？」

「私たちよりは、ずっと、ね。だから、時々、すごくやせ我慢するの。私、彼に対して子供の手段を使いたくないの。彼の人生の中の香りづけのエッセンスみたいな存在になりたくないの」

よく解らないけど、そんなのって、すごく損な気がするって、私は思う。そういえば、私の母も父の前では決して泣かなかった。でも、あの若い男の人の前では、どうだか解らない。子供の手段を使わない女の人は、りっぱだとは思うけれど、愛を失いやすいのではないかしら。

つい、この間まで、クラスの女の子たちはヴァレンタインのチョコレートのことで騒いでいた。お菓子屋さんの陰謀だとは思いながらも、皆、その話題で持ちきりだった。私も二、三個買って、仲の良い男の子たちに配った。私たちは、そういうことに毎日を使っている。男の子たちは、そういうことのための対象物なのだ。決して涙を流すためのものじゃない。

カナは、そんな私たちを馬鹿《ばか》にするでもなく静かにながめている。

「誰にも、何もあげなかったの？」

私が尋ねると、彼女は微笑して首を横に振る。でもね、もらったのよ。とても嬉《うれ》しげにそう言うから、私は、えっという顔をする。

「ヴァレンタインに男の人からもらったの？」

「外国では、どちらにあげてもいいんだって」

そう言って、カナは手首を私に差し出した。そこには、彼女の足に巻かれているのと同じような金の鎖が揺れている。

「絶対にはずさないつもり。彼とお別れするまでは、ね。内緒よ、先生には」

それは、手首に出来るくぼみと見分けが付かないくらいに繊細だ。彼女が耳のピアスに触れる時に初めて美しさを発揮する。そのくらいに、はかなくきらきらと光っている。

「お返しをしたいけど、何をあげてよいのか解らないの」

私は、もちろん黙っている。提案なんてだいそれたことは、とても出来ない。でも、私はカナの表情に、屈託のない嬉しさがにじんでいるのを見つけて安心する。悲しみは女を大人と子供に分けるけれども嬉しさや楽しさは多分違うのだ。そう思うと、恋を知るのが恐くなくなって来る。

カナの男の人は多分、素敵な人なのだろう。でも、少し可哀相《かわいそう》に思える。だって教室には西日がさしている。その中で金の鎖をもてあそんでいるカナは本当に綺麗《きれい》だ。私たちのような子供でもなく、そして多分、その人と会う時のようにちゃんとした大人でもない。そんな彼女をその人は見ることが出来ないのだ。年齢に似合った場所で、年齢に似合わない心を持て余している彼女を知ることはないのだ。

私はカナを見るのが好きだ。他の子たちは、大人びた彼女を敬遠しているけれど、私の目はいつも彼女のところで止まってしまう。彼女を見ると、いつも私はフランスの小説を読んだような気になってしまう。甘いけれども、砂糖菓子の甘さではない。柔いけれども、クリームの柔さでもない。そして、苦いけれども、チョコレートのほろ苦さとも違うのだ。もしかしたら、それは、もう少ししたら味を覚えそうな甘いリキュールのような味かもしれないと思っている。顔をちょっとしかめながらも病みつきになってしまうお酒を、いつも彼女は少しずつ飲んでいるのだ。

ヴァレンタインのお返しをしたのかと、ある日、私はカナに尋ねた。私は、彼女の恋があれからどうなったのか知りたくてたまらなかった。

「まだなの。でも、もう用意は出来たわ」

彼女はそう言って、寂しそうに笑っていた。どうして、そんなに憂うつな顔をしてるのかと、私は気になって尋ねた。

「不安なの。それは、彼に関することじゃないの。私自身のことが不安なの」

「どういう意味？」

彼女は、しばらくの間、唇を噛んで黙っていた。そして、決心したように顔を上げて、私を見た。

「私、学校を止《や》めちゃおうかな」

私は、びっくりして、思わず叫んでいた。

「そんな?! どうして?! その人のためにじゃないでしょ」

「ううん、違う」

「じゃ、どうして、そんなに簡単に止めるなんて言い出すのよ?!」

「私、赤ちゃんが出来たのよ」

不安だと言ったわりには、落ち着いた様子で、カナは私にはっきりとそう告げた。

私の胸はどきどきしてる。赤ちゃんが出来た。カナは確かにそう言ったのだ。そりゃあ、私だって、男の人と寝ることがどういう可能性を持つのか知らないわけじゃない。クラスでも、時々、妊娠しちゃった女の子のためのカンパだなんてこと、やっている。そんな時、私たちは、馬鹿ねえなんて言いながらも協力してあげている。だけど、カナが妊娠したっていうことは、私には驚きなのだった。セックスをして妊娠するということは、結婚して母親になる準備の出来ている女の人か、もしくは、愛することなんてよく解《わか》っちゃいない子供のクラスメイトだけに似合うことのような気がする。静かな調子で男の人とベッドに入るカナには、まるで似つかわしくない。

それに彼女は学校をやめようか、と言ったのだ。それは産んで育てるってことを意味している。いくらカナでも、それは早過ぎる、と私は思う。それよりも、私の好きな彼女のだるい雰囲気《ふんいき》が壊されてしまうなんて嫌《いや》だ。彼女の年齢に似合わない優雅が失われてしまうなんて、絶対によくない。

「彼は知ってるの?」

「まだよ」

「駄目《だめ》だよ。お母さんになるなんて早過ぎるよ」

私が震える声でそう言うと、カナは困ったように笑った。

「なにも、あなたが泣きそうになることないじゃない。お母さんになるのが早過ぎるっていうのなら、もとから、男の人と寝ることだってこの年齢では早過ぎるのよ。だから、子供を堕《おろ》したりするんだわ。私は、あの人と恋をしたのが、早過ぎたなんて思わない。今だから、こんなにも、愛してるって思えるのかもしれない。そして、今だから産みたいって思ってる。私、恋愛って、継続するものだと最初から思ってないのよ。一瞬一瞬の積み重ねだと思うの。子供は愛の結晶だなんて言うけれど、皆、簡単に堕してるわ。私だって、時期が違えばそう思ったに違いないわ。今、産もうとするから、重要なのよ」

「だって……、不安だって言ったじゃないの」

私はいつのまにか泣いていた。

「それは、私の体が子供を産める程、丈夫かどうかってことで不安なのよ。ちゃんと無事に事をすませられるかなって心配してるの」

「事をすませるだなんて?!」

「どうして泣くの?」

カナは私をいたわって、ハンカチーフを差し出した。香水がほのかに香《かお》るハンカチーフだった。私は、その香りにますます涙腺《るいせん》を刺激された。

どうして、こんなにも人間て違うのだろう。カナに肩を抱かれながら私はそんなことを考えていた。同じ年齢の女の子であるのに、片方は自分の身の上に何も起きていないというのに肩を抱かれ、片方は、たいへんな事が起っているというのに他人の肩を抱いている。そして、抱かれている側の私は、完全に自分が子供であることを自覚している。

私は、自分とカナとの違いを思うたびに、あせりを感じるようなことはない。ただ、なんだか胸が苦しくなるのだ。心や体に男の人がからむだけで、子供ではなくなって行くという事実を思うと、なんだか寂しいのだ。

愛して子供を産むこと。確かにそれは素晴しいことかもしれない。けれど、愛が失《な》くなった時、子供はただの一個の人間として、放り出されるのだ。

「私のパパとママが別れた時、子供の私は愛の結晶でもなんでもなかったわ」

「まだ、そのことで傷ついてるの？」

カナは私をなだめるようにして尋ねた。

「もう平気。でも、その時は、呆然《ぼうぜん》としちゃった。悲しいっていうより、あっけにとられちゃったって気分だった。あんなに好き合ってたのに、あんなにお互いを大切にしてたのに、なによ、どうしちゃったわけ？　って感じだったの。だから、カナも、もっとよく考えてよ」

「もう、充分、考えたのよ」

「愛し合って子供を産んだって、それがなによ。子供は子供で生きてかなきゃならないんだわ。私、細胞分裂みたいって思っちゃう。男の人と女の人が愛し合って、小《ち》っちゃい細胞がぽこって出来て、それはすぐ、どっかに行かなきゃならないの」

「それがいけないことなの？」

「結局、誰も責任なんてとらないのよ」

私の言ってることときたら、まったくめちゃくちゃだった。カナは、少しも怒らずに私の話を聞いていた。彼女の薄い唇は、とても賢《かしこ》そうに見える。私は、おかしなことを口ばしりながらも、ぼんやり彼女の顔を見てそんなことを考えていた。この唇におおいかぶさるものがすべてを始めたんだ。私は、そんなふうに思う自分を少し恥じた。

「細胞分裂って、すごくおもしろい言い方」

「ばかにしてるんでしょ」

「そんなことないわよ。だったら、あなたも、男の人を愛して細胞分裂させてみたら?」

私はカナをにらんだ。彼女は、本当に真剣なのかしら。冗談を言う心の隙間《すきま》なんて、全部赤ちゃんにとられちゃってると思っていたのに。

私はしばらく黙っていた。カナも、同じように口をきかなかった。私が本気で怒ったのが、解ったらしい。私は後悔していた。一番、思い悩んでいるのは彼女なのに、私は何故《なぜ》、苛々《いらいら》したりしたのだろう。私の両親の離婚とカナの恋愛とは何の関係もないことなのに。

「ごめんね、カナ」

「いいのよ。でもね、私の話も聞いて。私、あなたの言うこと、よく解る。人間なんて、所詮《しょせん》、別々なのよ。どんなに愛し合ったって、体が離れれば、他人同士に戻るし、心が、通じ合っていたって、そのつながれた心って簡単に切り離されちゃうこともあるのよ。だけど、だから、男の人と愛し合うの、私は好き。他人同士があやういもので結ばれてるのって、すごく繊細なことだと思うの。そうね、お酒のカクテルみたいなものかもしれないって近頃《ちかごろ》、思う。一種類のお酒だけじゃ、強くて飲めないけど、色々甘いのやら、苦いのやらを混ぜると、おいしいカクテルになるでしょ」

そう言って、カナは自分のおなかを指差して、「ここ」と言った。私は、彼女の細い腰の周辺に目をやった。

「ここに、今、あるのよ、おいしいカクテルが。私、まだ、それを捨てたくない」

私は、再び泣き出した。けれど、もう悲しくはなかった。私は、もうじき、教室の中で、見ることはなくなるだろうカナの金の鎖を見詰めながら泣いた。それがかすんで見えなくなる頃には、私も、父と母のカクテルだったのだろうかと甘い気持で考えていた。

Sweet Basil

リエが純一のこと好きなのは、私、とうに知っていた。だって彼女の視線は、いつも彼のところで止まっているのだもの。彼女は、うんと、さりげなくそれをやりとげてるって思ったかもしれない。だけど、私には解《わか》ってしまう。私は純一が一番よくおしゃべりをする女の子だからだ。

ちょっとてれ屋の彼は、あまり女の子とは話さない。けれど、幼馴《おさな》じみの私だけは例外だ。私に対しては、少しも恥しがらずに、男同士のように話しかける。悪口も言い合うし、人前で平気で喧嘩《けんか》もする。そして、兄妹みたいに、知らない内に仲なおりをしている。

女の子たちは、時々、私を羨《うらやま》しがる。バスケットボールをやっている彼は背が高いから、人目を引いて、だから、女の子は他の男の子を見る前に、彼の顔を見る。

これって、特典かもしれない。別にとりたててハンサムなんかじゃないのに、純一は女の子によくもてる。

私は彼が、時々、他のクラスの女の子たちに呼び出されて、手紙を渡されたりしているのを目撃して、笑ってしまう。彼は、大きな体を苦しそうに折り曲げて、彼女たちの話を聞きながら、もう、どうしようもないって感じでてれている。女の子たちは、大抵、二、三人で彼の所に来るから、とても強気だ。彼は困りはてて、唇《くちびる》を歪《ゆが》めて必死に微笑《ほほえ》もうと努力している。

私は、あまりにも長いこと彼のことを知っているから、彼には男の人としての部分をあまり感じない。だから、そんな彼を見ると、ふうんなんて思って、客観的な目を持とうとする。そうすると、やっぱり純一って悪くないのかなあって思えて来る。彼の顔って、思惑《おもわく》のない彼の心を象徴してるかのようにピュアなのだ。意地悪な部分とかが何もないような感じ。私は、それをただの「呑気《のんき》」とずっと思っていたけど、がっしりとした体に、悪気のない表情を載せている男の子ってあまりいないものだということに最近、気がつき始めていた。

近頃《ちかごろ》、私の周囲にいる男の子たちと来たら、もう、うんざり。女の子と、やったやらないの話や、丸井で買った服の話や、おいしいもの屋の話ばかりして、女の子を飽きさせる。いくら格好のいいお洋服に体を包んでても、中身は丸見えよって感じがする。女の子って、そんなのに惑わされる馬鹿《ばか》な子たちばかりじゃない。

そういう男の子たちに比べて、純一は少し野暮《やぼ》ったいし、うんとおくてだ。でも、パーカーにリーバイスだけの彼の格好は、大人になりかけた女の子の心のある部分を、きゅんとつねるのだ。だから、その魅力に気付いて、純一を好きになる女の子たちを、私はひそかに賞讃している。やるじゃないって感じ。そして、そんな女の子たちを前に、しきりに照れている彼を、私は、少しばかり誇らしく思う。

「いいかげん、彼女を作ったっていいじゃない」

私が、そう言うと、彼は、ぼそっと「面倒くせえや」って呟《つぶや》くだけだ。でも、彼は、私と話をするのは、全然面倒くさくないみたいだ。私たちは、よく、家族のことや見たばかりの映画のことを話す。でも、決して、二人でデートしたりはしない。そうするには、私たちは、あまりにも親しすぎる。どこかで待ち合わせて、出かけたりなんて、なんだか不自然だ。そして、その不自然な雰囲気《ふんいき》が、お互いの間に作り出されることを、私も純一も一番嫌《いや》がっていた。

純一のところに来る女の子たちのことを微笑ましいなあなんて思って見ていた私だけど、リエの彼に送る視線は、そんなふうに茶化《ちゃか》したりすることの出来ないものだった。

彼女は、決して他の女の子たちのように騒いだりしなかった。だから、私以外の子は誰も彼女が純一のことを見詰めているのに気付かなかったと思う。彼女は、明るくて、おしゃべりな女の子だったけれども、純一を見詰めている時、言葉を忘れていた。潤《うる》んだ大きな瞳《ひとみ》でただひたすら、彼を見ていた。私は、その瞳に膜を張る湿り気が、その内、涙を形作って落ちて来やしないかと、人ごとながら心配になってしまった程だ。そのくらい、彼女の視線はしずくをこぼしながら、純一のもとに届いていた。彼の首筋、髪の毛、あるいは横顔などに。彼女は、私のように正面から彼を見ることが出来ないのだ。その思いつきは、私に少しの優越感と彼女に対する同情を感じさせた。

何故《なぜ》、私が、そんな優越感など感じてしまったのか解らない。私は、自分を即座に恥じた。やっぱり、心のどこかに、自分だけは純一にとって特別なのだと自慢したい気持があったのだろう。それは、男同士のような気楽なつき合いをしている私と純一の関係の中で、あってはならない感情だった。私は、少し自分が嫌《きら》いになった。だって、目の前で人の好い笑顔を浮かべている純一に、そんなよこしまな感情は似合わないのだもの。そう思いながらも、私は、いつもこっそりと、リエを盗み見ていた。彼女は、見ている。それなのに、純一と来たら、少しもそのせつない視線が彼の背中に描いて見せるメッセイジに気がつくこともなく、全米のプロバスケットボールの話なんてし続けている。なんだかかわいそう。私は、リエに対してやさしい気持になった。こと鈍感な男の子と来たら、自分の体に甘いミルクの霧が吹きかけられていることに気付かないのだ。こんなにも彼女は、泣き出しそうな視線を送っているというのに。私は、彼女の視線に対して、どんどん敏感になって行った。

　リエは、純一を見る時、いつも唇をうっすらと開いていた。瞳は濡《ぬ》れているのに、唇はすっかり乾いてしまっているという感じだった。あれじゃあ、きっと喉《のど》の奥までからからになって痛むだろうと私は余計な心配をした。彼女は、他の女の子に名前を呼ばれて、我に返るまで、ずっとそうしている。何もかも忘れてしまったかのように、純一だけを見ている。素敵な絵を見た時のように、あるいは美しい音楽を聴いた時のように、感覚の一番敏感な部分をぎゅっとつかまれて、立ちつくしている。純一は彼女にとって、そういう存在なのだ。そう思うと、私は、衝撃を受ける。人間が人間に対して、そんなふうに感じることがあるなんて、私には信じられない。けれど、現に、リエの瞳に張られた涙は、彼女のまぶたを甘く押し広げているのだ。

ある日、私と純一は、いつものように他愛《たわい》もない話をしながら廊下を歩いていた。彼の弟のガールフレンドの話かなにか、そんなことを笑いながら話し合っていた。私はふと妙な甘い空気を感じた。あ、もしかしたら。私は、純一から視線をずらした。そこには、やはり、リエがいた。

私たちとすれ違う時、彼女は、唇を少しだけ噛《か》んで苦しそうな表情を浮かべた。純一の肘《ひじ》が偶然、彼女にぶつかり、彼は首を後ろに向けて、一言「ごめん」と言っただけだった。彼女は何も言えずに立ちつくしていた。他人の目から見ると、彼女はまるで怒っているように見えた。そう見えても、おかしくないくらい彼女は緊張していた。

純一は、少し、はっとしたような表情を浮かべた。けれど、彼女が自分に怒りを感じる理由などないと思い直したらしく、再び私の方に向き直った。もしも、私という第三者がいなかった場合、どうだっただろう。二人が、ああいう時、恋に落ちてしまわないとは、どうして言えるだろう。私は、そんなふうに漠然《ばくぜん》と感じていた。お互いの気持が絡《から》み合ってこそ、恋は生まれる。その最初の接点は、どんな場合でも、ささいなものだ。滅多なことでは出会わない恋の芽だけれど、たまたま結び付いてしまうこともある。最初に恋の芽を発芽させてしまった女の子は、その結び付きを求めて、いつも男の子を追いかけるのだ。

「あの子、いい匂《にお》いしたわね。気がついた？」

「うん」

「香水かしら」

「知らねえよ」

「ねえ、香水つけてる女の子って好き？」

「種類によるんじゃないの」

もしかしたら、恋の匂いなのかもしれないなあ、なんて私は思ってる。私たちの年齢って、大人としての体は、多分、ほとんどの人が、もう出来上がってる。足りないものは匂いなのだ。だって、私たちは大人たちが思っているよりも、はるかに色々なことを考えている。私たちは、時間や環境や人間関係によって、もう料理されている。足りないのはスパイスなのだ。料理をもっともっとおいしくさせる調味料やハーブなのだ。ローズマリーやナツメグやタイムやスウィートバジルなどの。恋の匂いは、多分、そのひとつに入っている。そういう匂いが欲しくて、私たちは大人になりたいと心から願うのだ。

リエがぶつかった時に、ふんわりと香《かお》った甘い匂い。彼女は、もしかしたら、純一とぶつかるという万が一の偶然のために、毎日、そういう匂いを身に着けているのかもしれない。もしも、そうだったら、こんなにいじらしいことって、ない。私は、想像する。学校に来る前に髪を洗って、鏡の前で耳朶《みみたぶ》に二滴、胸元に一滴の香りをのせる彼女の姿を。彼女の思いは皮膚を熱くして、その香りを蒸発させるだろう。

私は、そこまで考えて、なんだかせつなくなってしまった。私は、改めて純一の顔を見た。

「なんだよ」

「ううん、別に」

「変な奴《やつ》」

純一は、私を不思議そうに見ながら、全米のプロバスケットボールに、コリーンって選手がいてさ、なんて、ちっとも甘くない話を始めた。それなのに、何故だろう。私の心の中には、まだリエの甘い匂いが残ってる。変なの。移っちゃったわ。私の心の中で呟いた。私は、それが、本当はリエの匂いなどではなく、自分自身の心の中に生まれたものであることに気付いている。それなのに、リエのせいにして呟かずにはいられない。私は、まだ恐《こわ》いのだ。彼女のように、恋することのせつなさに身を浸《ひた》してしまうことが。そして、純一のまわりにいる彼に恋する女の子たちのひとりになってしまうのが。弱虫なんだ。私は、そう思う。

私は純一と今のように話が出来るという特権を失ってしまうのが恐いのだ。純一を別な思いで見詰め始めている。私は自分の心に気付いて、たまらなくなった。私は何かに対して、すっかり怖気《おじけ》づいている。

誰も、リエが純一を思い詰めた表情で見詰め続けているのに気付かない。私だけが気付いているのは、なにも、私が純一の側《そば》にいつもいるせいではない。私もリエと同質の思いを持ち始めているから気付いたのだ。あの鱗粉《りんぷん》を撒《ま》き散らしながら届く純一への視線に。

「ねえ、ねえ、純一ってさ、けっこう女の子に人気あるよね」

「何だよ、急に」

「本当に好きな子いないの？」

「うるせえな」

「私の知ってる子でも、純一のこと好きな子いるのよ」

「ふうん」

「ふうんじゃないでしょ。普通の男だったら、えっ、どんな子？　なんて聞いて来るんじゃないの？　その子、あんたに真剣だよ」

「面倒くせえな。女ってさ」

「へえ、でも、私とはよく話すじゃん」

「おまえは特別だよ」

その言葉を私は嬉《うれ》しさに気が狂いそうになりながら噛みしめる。私は有頂天になった。彼にとって、私だけは面倒なものじゃないんだ。私だけは特別なんだ。そう叫びたい気持だった。そんな私に、いったいどうして、男と女の間は、面倒くさくある筈《はず》だと解ったただろう。そして、その面倒くさいものに向かって、男と女が努力するということなど解ったただろう。私は、自分だけが純一の側にいて、彼のお喋《しゃべ》りをひとり占め出来る女の子であること。その立場に夢中だった。

いじらしいと思いながら、リエの視線を純一の代わりに受け止めていた私は、次第に、それに煩《わずら》わされるようになって行った。それは、もしリエの思いに純一が気付いてしまったらどうしようという不安と、どうせなら、彼に打ち明けてしまえばいいのにというようなもどかしい気持の交錯した複雑な感情からだった。どうして、彼女は言葉を使わずに目を使うのだろう。その疑問に私は腹を立てたりもした。当の純一は、少しもそのことに気付いてはいない。私だけが、リエの視線に苛《いら》ついたり、不安になったりしているのだった。気がつくと、私は、純一をリエの視線に触れさせないように意識して、体の向きを変えていた。そして、そんな自分が、たまらなく嫌だった。もし、こんなふうに私が思っているのを純一が知ったら。そう思うだけでいたたまれない気持になった。

なんで、こんなことになってしまったのだろう。私は溜息《ためいき》をつく。幼馴じみの男の子が好きな男の人として目に映ってしまうなんて。皆、リエが悪いのだ。彼女の視線が、純一の持つ魅力を私に伝えてしまったのだ。私は心の中で発酵し始めた甘い匂いを、すっかり持て余して困り果てていた。

昔はよかった、だなんて、私の年齢で呟いたりしたら大人たちはきっと怒るだろう。だけど、そうせずにはいられない。私は、どうして、こんなことになってしまったのだろうと唇を噛みしめる。まわりは何も変わっていない。純一もいつもと同じように冗談を言っては私の頭をこづく。初夏の陽《ひ》ざしは相変わらず私の瞳をすぼまらせるくらいに眩《まぶ》しい。それなのに私の心の中には、彼の微笑でも陽ざしの暖かさでも溶かせない固いしこりが、ぽつんと出来たままだ。それは、段々と大きくなり、私の心をきゅうくつそうにつつくのだ。何故、こんな思いにとらわれるのだろう。幼馴じみの彼と軽い冗談をかわして、ただ笑っていた私には、もう戻れない。

嫌になっちゃう。私は自然にそう呟いてしまう。人を好きになっているのに、楽しいばかりではないのはどうしてだろう。純一が私を見て笑う。それを受け止める私は確かに幸福なのに、その後で、すぐに不安になるのはどういう理由からだろう。私は自分の心に芽生えたものを持て余している。面倒くさいとすら感じている。リエのように、その面倒くささにすべてをかけることなど出来ない。私の内の幸福は生まれかけた恋によって、いつも邪魔されている。

リエは前と少しも変わらない様子で純一を見ている。それは、今の時代に生きている私たちのやり方では明らかにない。とても古風なように私には思える。他の女の子たちのやり方とは、まったく違っている。そして、そのことが、私を脅《おびや》かすのだ。

彼女は私が純一に対して感じているものに気付いているだろうか。あんなにも見ているのだもの、気付かない訳はない。それとも、彼女の瞳は、純一の姿だけしか映さないのだろうか。私の今の気持。これを人に知られたら、と思うだけで、私は恐くなる。人に知られることは、純一にも知られることだ。私たちの年頃《としごろ》の男の子や女の子たちに秘密を守るという道徳など存在し得ないのだから。

私はリエに近付くことに決めた。彼女と私は別に仲良くも悪くもない。雑誌の話やスターの話で皆で盛り上がる時にだけ、一緒に笑うという、そういう間柄《あいだがら》だ。私は彼女に話しかけてみようと思った。そして、その動機がどこから来ているのかと思うだけで、私は、自分を心のせまい子だと感じてうんざりした。人を好きになり、自分を嫌いになるという経験は、私にとっては初めてだった。

リエは、ぼんやりと窓によりかかり、外を見ていた。風が彼女の髪を揺らして、よい香りを撒き散らしていた。

「ねえ、香水、つけてるの？」

リエは驚いたように私を見た。私は屈託のない良い人のように装って、彼女に笑いかけた。

「いつも、リエっていい匂いするからさ。なんていう香水かなあって思って」

彼女は、真っ赤になった。私は、その様子を見て、何故か、とても残酷な気持になっている。彼女は、純一に気付いて欲しいばかりに、よい匂いをさせているのだ。まさか、彼よりも私の方が先に気付いていたなんて、思いもしなかったことだろう。

「なんていう香水なの？　教えてよ」

「どうして？」

怯《おび》えたような彼女の顔を見て、私は、訳もなく勝ったような気分になった。その匂い、純一には届いてないわよ。あなたの視線だって、届いてない。私が全部さえぎっているんだもの。冗談じゃないわ。見詰めてるだけで、彼に自分の存在を気付かせようとするなんて。何も喋らないで、彼をものにしようとするなんて。私は瞬間的に、これらの言葉を心の中で叫んでいた。

「ねえ、いいじゃない。なんて香水かぐらい教えてくれたってさ」

「だめよ」

「どうして？」

「秘密なの。すごく私らしい香りだと思うから、誰にも使って欲しくないの」

「けちね」

純一に対しては、少しも出し惜しみしないくせにさ。私は心の中で毒づいていた。今の私の心の香りは、多分、リエの漂わせる甘いものとは正反対だと思った。なんだか、こんなふうに彼女を偵察《ていさつ》している自分が可哀相《かわいそう》になって来る。

「あなた、純一のことどう思う？」

「どうって？」

「好きでしょう？」

「答えなきゃ、いけないの？」

「私、知ってるんだから」

「なにをよ？」

「ふふん、言わないわ」

私は、幼友だちのことを気にかけている人間、決して、それ以上でもそれ以下でもない自分を装いながら、冗談めかして、リエに話しかけていた。私の何気ない(実は、よくよく考えぬかれているのだけれど)言葉は、リエの瞳《ひとみ》の色をおもしろいように変えた。私はひそかに感嘆していた。すごく繊細な子なんだわ、リエって。もしも、私が男だったら、絶対にほうって置かない。そう思いついて、私は首を横に振った。だからこそ、彼女のおもい、純一に気付かせたくない。

「好きなら好きって言ったら」

「あなたには答えたくない」

「どうして？　私がいつも純一と一緒にいるから？」

「そんなこと、問題じゃない」

「リエの目つき、いやらしいよ。純一に媚《こび》を売ってる」

リエは顔色を変えた。私を見る目が、もう既《すで》に泣いている。私は、自分が彼女を傷つけてしまったのに気付いた。そして、そのことが、私がしたかったことなのだ。私は嫉妬《しっと》していた。自分の心を体の表面に現わすことの出来る彼女に。私には決して出来ない方法で、純一をものにする可能性を持っている彼女に。友達のように話すことをとび越えて、彼女は純一の関心を引きつけることだろう。その予感に私はいつも心を乱されていたのだ。確かに、何でも話せる女友達が純一には必要だろう。けれど、私の役目は男の子たちに、たやすく、とって代わられる。男は女が好きなのだ。決して男が代わりになれないはかなげなものが好きなのだ。

「私、あなたのこと、嫌《きら》いだわ」

リエは私を正面から見据《みす》えて言った。怒りで頬《ほお》が紅潮していた。私も自分のこと、嫌いだ。私が心の中で力なく、そう呟《つぶや》いていることも知らずに、彼女は良い匂《にお》いをさせながら、私を挑戦的な様子で見詰めていた。

それからの私ときたら、毎日、後悔していた。何故《なぜ》、リエにあんなふうに話しかけてしまったのだろう。私は、それまで、ただの気のいい純一の幼馴《おさなな》じみでいられた。あの日から、そうでなくなったのだ。リエにああして話しかけたことで、私の内に眠っていた嫌《いや》な気持は、せきを切って流れ出したようだった。リエが純一を見詰める時、私はわざわざ自分の視線を彼女のそれにぶつけた。すると、彼女は気弱に下を向いて唇《くちびる》を噛《か》みしめるのだった。あの時のように、挑戦するかのような強い光を決して放ったりしないのだった。彼女は弱い子だ。純一の姿が見えるところでは弱くなるのだ。この思いつきは、益々《ますます》、私を苛立たせ、意地悪な気持にさせた。

「おまえ、最近、ちょっとおかしいんじゃないの？」

純一は、不思議な表情で私に言った。

「そんなことないわよ」

彼は決して気付かないのだ。私が自分とのお喋りの中で明るく笑っているだけの仲間のひとりだと思っている。私の中で生まれて、すでに成長し始めてしまっている彼に対する思いは、気付かれたいという気持と絶対に知られたくないという恐怖で行き場を失ってしまっている。私は腫《は》れあがった自分の心をどうとり扱っていいのか解《わか》らないで困り果てているのだ。

私は純一の顔を見上げる。彼は、どうしたの？　といったふうに首をかしげて、私を見返す。何の屈託もない顔。この素直な男の子に、女の子の気持なんて解る日が来るんだろうか。私ね、いつのまにか、あなたのこと、好きになっていたのよ。そう彼に告げることを想像してみる。そして、絶望する。彼にとっての私の価値は、そういうことを言い出したりしないところにあるのだ。彼は、女の子が必要だと思い始めた時、それを私以外の人に求めるのだろう。私は、リエの気持を彼に気付かせたくないと、改めて思う。彼女だけじゃないのだ。私だって、せつない。私だって、彼のことをあんなふうに見詰めてみたいのだ。それなのに、私は彼との気楽なお喋りの時間を失いたくないために、そんなことをまったく考えていないかのように振る舞わなくてはならない。彼は、ふざけたついでに私の肩に触れる。背中を大きな手で叩《たた》く。私の体の熱、それなのに、彼には決して伝わらない。

今も、また彼女は彼を見ている。私は軽口を言いながら、さりげなく純一にこちらを向かせて、気付かせないようにする。こんなことといつまで、続くのだろう。私は、益々、はしゃいで彼を笑わせたりする。冷汗をかきながら、そうしている。永遠にこんなこと続けて行ける訳じゃないのに。可哀相な私。涙ぐみそう。私は、いつのまにか、大変なお荷物を背負い込んでしまった。

元気出せよな。何も知らない彼は、そう言う。この人は、やっぱり呑気《のんき》だ。側《そば》にいられるだけで嬉しい。そして、側にいられると、苦しい。そんな私の気持、多分、まったく、解らない。私が苦労して敷きつめた暖かい日だまりの中で、無邪気に笑っているだけなのだ。願わくば、彼が、ずっとそこに座っていて、何も気付かずに、昼寝をしていて欲しい。そうしたら、私は、いつまでも、心地良い空間を彼のために作り続けることだろう。

そんな私のささやかな望みも、とうとう砕かれてしまう日がやって来た。彼は、何かを床に落とした。ペンだったか、ノートブックだったか、そんなことは、どうでもいいけど、とにかく、何かを拾おうとして、腰をかがめた。いつものように私と冗談を言い合っている最中だった。注意深く彼のまわりに張っていた私の膜が、ある瞬間に破れた。彼は、リエのあの視線を受けとめてしまったのだ。

私の足元にかがみ込んだまま、純一はしばらく顔を上げて前を見ていた。私は嫌な予感にかられて、後ろを振り向いた。やはり、そこにはリエがいた。彼女は、驚いたように目を見張っていた。初めて、純一の視線が自分の瞳を刺したことで動転していて、頬が赤くなっていた。純一も自分の体の上にのせられていく甘いものに身動きが取れないといった様子でリエを見詰めたまま、かがみ込んでいた。彼らは、私の細心の注意にもかかわらず、出会ってしまった。しかも、私のスカートのひだの下で。私は、口もきけずに、馬鹿《ばか》みたいにつっ立ったままだった。そして、胸の動悸《どうき》を抑えながら、純一に言った。

「いつまで、しゃがんでんのよ。いやらしいわね」

それは、今までの私の純一に対する演技の中でも、一番、力を要する言葉だった。純一は、顔を赤くして、のろのろと立ち上がった。私は、顔をおいたいような衝動に駆られながらも、彼の顔を作り笑いをしながら見た。

その時の純一の顔を私は一生忘れないだろう。彼は、私の知っている幼馴じみの男の子では、もう既になかった。彼の瞳には、あの男と女の間の面倒を、わざわざ好んで追いかける者、特有の色が浮かんでいた。苦しいのに見詰めずにはいられない、人を好きになってしまった者の特徴を彼は、素早く身に付けていた。

終わりだ。私は、一瞬の間、目を閉じた。目を開かなくても、リエと純一が見詰め合っているのが、私にはよく解る。あのしとやかに、けれども、甘く彼の背中を灼《や》いていた彼女の視線を、今、ようやく知って、彼はどんな気持だろう。恋をするのには、もう、とうに完璧《かんぺき》な素材を持っている私たち。その中でも、良い匂いのするスパイスを振りかけられた女の子の存在に気付いてしまった彼は、これから、どうするだろう。もしも、彼とリエが、息のかかるくらいの距離で囁《ささや》き合う時が来たら、彼は、彼女の背中を気軽に叩いたりはしないだろう。ためらいながら、こっそりと背筋を撫《な》でることだろう。そうして、男の子は女の子を、益々、おいしく料理して行く。

「早く移動しようよ。次は生物室でしょ」

私に言えたのはこれだけだった。純一は、ようやく我に返って頷《うなず》いた。廊下を歩く間、彼は、まったく上《うわ》の空だった。上の空であるにもかかわらず、彼は、こんなことを尋ねたりして、私の心を苦くさせた。

「ねえ、おまえ、いい匂いするけど、香水つけてる?」

私は、首を横に振ったきり、湧《わ》いて来る涙を止めるのに必死だった。私からも、そんな匂いがするんだろうか。たとえば、ローズマリーやタイム、スウィートバジル。それとも、ようやく、そんな香りの存在に、彼は気付いたんだろうか。

Brush Up

中学の時、ずっと一緒のクラスだった雅美《まさみ》は、高校からアメリカンスクールに移った。アメリカ生まれで、十数年間をオハイオ州のクリーブランドという場所で過ごして来た彼女は、やはり日本の学校に合わなかったみたいだ。今でこそ、バイリンガルで英語も日本語も同じように話せる彼女だけれど、中一の時に転校して来たばかりの頃《ころ》は、ほとんどかたことの日本語しか話せなかったのだ。

彼女はいつも、とても苦労していた。だいたい日本人って、英語コンプレックスがすごいから、彼女のように日本人の顔をして、英語がペラペラっていう人間を特別視する。かなり苛《いじ》めにもあってたみたい。でも隣りの席に座っていた私は、彼女が放課後、泣きながら、小学生用の教科書を開いて国語を勉強していたのを知っていたから、彼女に他の人たちと一緒になって意地悪をするなんてこと、出来なかった。

人間として、やってはいけないことがある。私は、集団になって、ひとりの人間を理由もなく傷つけるなんて、とても出来ない。私は、両親にそう小さい頃から教えられて来たのだもの。人間が人間を故意に傷つける権利なんて、絶対に持ってはいないはずだ。ましてや、彼女が意地悪をされる理由ってのが、ずばぬけて上手《うま》い英語やアメリカナイズされた仕草《しぐさ》だっていうのだから、笑ってしまう。アメリカで育ったのだもの、そんなこと、当然だ。それに雅美は、それを決して見せびらかしたりしている訳ではなかったのだ。

そんなふうに思っていた私の気持が自然に通じたのだろう。雅美は、私によく相談をするようになった。私も、それを受け入れて、彼女を励ました。彼女の一所懸命な様子は、私を少なからず感動させた。やっぱり、何かに対して真剣になっている人って、とても魅力的だと思うのだ。

彼女の両親は両方とも日本人だけど、ずっと長いことアメリカに住んでいた。そして、その両親の離婚をきっかけに、彼女の母親は、子供たちに、日本に帰って生活することを提案した。雅美も、彼女のお姉さんも、不安と期待で胸を破裂させそうにして、日本にやって来たのだそうだ。

「はっきり言って失望したわ。日本人って変わってる」

雅美は、どんどん進歩している日本語でそう言った。私は、彼女の言葉に頷《うなず》くことも出来ずに困っていた。

「ねえ、どうして、彼女たちって、私がこんなに一所懸命努力していることを笑うの？　おかしいよ。それに、英語が出来るのを羨《うらやま》しがるのなら解《わか》るけどさ、なんで、馬鹿《ばか》にするの？　私、日本人なのに日本人が嫌《きら》いになっちゃうよ」

「本当は皆、羨しいって思ってるのよ。だけど、日本人って、素直にそれ表現出来ないのよ。決して、悪い人たちばかりじゃないのよ」

「私の知ってるいい人の日本人は、あなたとうちの家族だけだわ。あーあ、規則がいっぱいでやんなっちゃうなあ。あんな制服、ちっともお洒落《しゃれ》じゃないもの」

私たちは、よくそんな会話をかわした。でも雅美は、不平を言うわりには、いつも明るくて、私を笑わせた。そして、私は、彼女を心から、可哀相《かわいそう》に思ってしまうのだった。両親の離婚だけでも子供にとっちゃ大変な苦労なのに、全然知らなかった世界に馴染《なじ》んで行かなきゃならないんだもの。

私も、それからずい分たって、両親の離婚を経験することになるのだけど、その時、私は、何故《なぜ》、雅美があんなに明るく振る舞っていられたのか、つくづく不思議に思った。

負けず嫌いの雅美は、すごい努力で、中学を卒業するまでに、普通に日本語を話せるくらいになった。そして、彼女が普通に話すのと同時に、誰も彼女に意地悪をしなくなった。それどころか、今度は、皆、彼女を憧《あこが》れの目で見るようになった。

私と彼女が廊下を歩いていると、女の子が一斉《いっせい》に雅美ちゃーんなんて呼んで手を振るくらいだった。雅美は笑って、手を振り返していたけど、彼女が内心、日本人って変なのなんて思っているのを知っている私は、恥しさでいたたまれなかった。

卒業式が近付くと、クラスでお別れ会をやろうという話が持ち上がった。いつも厳しい先生も、賛成し、放課後の数時間、お別れパーティのために教室を使っても良いことを許可してくれた。私も雅美もはしゃいでいた。彼女は、高校はアメリカンスクールに進むのだと告げて、私を驚かせた。やっと、私に青春がやって来る、彼女は、そんなふうに叫び、私を笑わせた。

お別れパーティの席で、ひとりずつ、中学生活の感想を述べる時が来た。皆、クラブ活動が最高だったとか、皆とばらばらになってしまうのが寂しいとか、そんなことを話した。なかには、初恋の誰々さん、私を忘れないでね、なんて言う女の子もいて、パーティは盛り上がった。

雅美の番が来た。彼女は立ち上がって、おもむろに咳《せき》をすると、一気に話し始めた。

「私は、アメリカンスクールに移ります。本当に嬉《うれ》しいよ。はっきり言って、私の中学生活なんて、just like a shit.《くそみたいなもん》だったわ。へんな人間に囲まれて、馬鹿みたいな我慢をして、I can't believe this shit.《信じらんないね》やっとこれでバイバイ出来るわ。この幸せ、あんたたちに解る？　私が好きだったのは、この私の隣りに座っていた女の子だけ。後の奴《やつ》らなんて、まるっきり、ass hole.《ろくでなし》ああ、よかった。私は、おかしな人間社会から抜け出して、やっと、私自身になれる。私は日本人でもないし、アメリカ人でもないの。私は私よ。私は、やっと自分自身になれるのよ。ハイスクールに行ったら、お化粧して、ピアス入れて、あ、でも穴がふさがっちゃったから、また開けなきゃ。そして、いい男を見つけて、愛し合って、毎日、セックスするわ。あーすっきりした。アイ　アム　ソウ　ハッピイ　トウ　リーヴ　ユー　ガイズ!!」

あっけに取られている皆を微笑しながら見渡して、雅美は、着席した。私は下を向いて、笑いをひたすらこらえていた。彼女が英語を教えてくれたせいで、今、彼女がどんなに汚ない言葉を使ったのか理解出来てしまったのだ。皆、彼女の話の日本語の部分だけを理解して、それでも呆然《ぼうぜん》としていた。こうして、雅美のくそのような中学生活は終わりを告げたのだ。

ハイスクールに入学して、しばらくすると、彼女は突然、私の家に訪ねて来た。ドアを開けて、雅美をひさしぶりに見た時、私は、言葉を忘れて、少しの間立ちつくした。逆だった茶色の髪に大きなピアス、真っ赤な口紅、手には教科書を持っている雅美の姿は、まさに、彼女が言うところの「ワーオ!!」だった。

「ねえ、今日、泊まってっていい?」

雅美はいきなりそんなことを言って、私を慌《あわ》てさせた。

「まさか、家出して来たんじゃないでしょう」

「やーね、髪を染めると家出するってのは、日本人の発想よ。あとで、マミーに電話すればいいんだ」

父は今の雅美の格好を見たら、さぞかし驚くだろうと、私は吹き出しそうになった。けれど、中学時代から、よく私の部屋に遊びに来ていた彼女を父もとても気に入っていたから、決して嫌《いや》な顔はしないだろうと思った。それに、同じ年頃のアメリカ人の子たちが、どんなふうに生活しているのか、とても知りたかったし。私は雅美を家の中に促した。

案の定、父親は雅美を見て、あっけに取られていた。けれど、雅美は一向に気にしないという感じで、丁寧な挨拶《あいさつ》をした。

「おじさま、ご心配なく。私、別に不良になった訳じゃありません。私自身に戻っただけなんです。娘さんを仲間に引き入れようとすることもありません。ただ女の子同士で、パジャマパーティをしに来ただけなんです」

私たちは笑いながら、階段を駆け上がって部屋に行った。私は、すっかり嬉しくなっていた。だって、雅美からは、とても自由な匂《にお》いがするのだもの。

「ね、いつもそういう格好で授業を受けてるの?」

「そうだよ」

「へえ、すごーい、私の学校でも、こっそりお化粧してる子いるけどさ、色が付いてると駄目《だめ》なのよね、すぐ先生に見つかっちゃう」

「私なんて、地味な方だよ。ビル・コズビーショウって知らない？　あの中のリサ・ボネットみたいな格好してる子もいるんだから。もう休み時間なんてすごいよ。女の子たちなんて、男の気を引くことばっか、考えてるから、一斉に化粧なおし」

「皆、勉強ってしないの？」

「そりゃ、するわよ。でも、日本の学校とちょっと違うかなあ。お洒落もするけど、勉強もするわよ。だって、自分の進みたい道に進めなかったら悲劇じゃない。今から大学、決めてる子もいるわよ。日本の子と違って、大学入ればなんとかなるなんて考えてないから、すごく慎重なんだ。勉強したい学科が、そこになかったら、どんなに好きな大学でも行けないしね」

「ふうん」

　中学の時は、まわりの人々に同化しようとして必死になり、そして、それをやってのけた雅美だけれど、今は人と自分は違うものだということを、とてもアピールしているように思える。私は、自分が何か言ったら、馬鹿にされるのではないかと、ほんの少しどきどきした。

「なんだか、雅美、あっという間に、私より進んじゃったみたい」

雅美は、私を見て肩をすくめて見せた。

「やだなあ。そんなことないよお。そうやって気遅れするっていうの？　それ、日本人の悪い特徴だよ。私は、あんたに会いたくって来たんだもん。そんなふうに考えないで」

「でも、私よか、雅美の方が、色々なこと知ってると思うよ、多分」

「知ってるだけじゃ、仕様がないじゃん。それをどんなふうに深く考えてるかだと思うよ。私たちの学校にだって、何も考えてないどうしようもない奴ら、沢山いるよ」

そんなふうに言う雅美の目はとても暖かい。そして、私の他の女の子の友達と違うのは、時折、真剣に私を見詰めるところだ。笑うでもなく、ふざけるでもなく、女の子が女の子の瞳《ひとみ》を見詰めるのは、普通、てれたりしてしまうものだけど。

私は、やっとリラックスし始めて来た。

「ね、ハイスクールに、素敵な男の子いる？」

「うん。私、好きな男いるもん」

「えーっ？　どんな人？」

「頭のいい人だよ。それに体つきが、すごくセクシーなんだ。でも欠点あるなあ」

「どういう欠点？　性格悪いとか？」

「性格もいいんだけれどさあ、私の友だちのジェインと寝たことあるんだもん。なんか、嫌じゃない？　そういうのって」

「そのジェインって子と恋人同士だったの？」

「まさか。ジェインは誰とでもやっちゃうの。もう男が好きで好きで仕様がないって感じ。まあ、いい子だから、私も友だちでいるけどね」

私は訳が解らなくなった。誰とでも寝ちゃう女の子がどうしていい子なのだろう。それに、誰とでも寝るなんて言葉自体、私の学校生活にはないのだった。そりゃあ、プレイガールだなんて呼ばれる女の子もいる。けれど、それは肉体関係にまでたどり着かない他愛《たわい》のない部分でプレイガールなだけなのだ。もし、ジェインのような女の子がいて、男の子との関係をおおっぴらに喋《しゃべ》ったりしたら、私たちの学校では、すごい騒ぎが巻き起こってしまう。

「雅美ったらよく、そんな女の子と友だちづき合いしてるねえ」

「？　どうして？　彼女、セックスは大好きだけど、別に人の恋人を横取りする訳じゃないのよ。話してても、おもしろいし。特に、男の話なんかさせると最高。もう、話をしてる時から目が濡《ぬ》れて来ちゃうの。私、色んなことを教えてもらっちゃった。ブロウジョブのやり方とかさ。あ、ブロウジョブってのは、男のあそこを口で可愛《かわい》がってあげることよ。私、どうしても出来そうにないなあって言ったら、雅美はまだ男の体を愛したことないからよって、ジェインが言うんだ。彼女は、それが好きでたまらないんだって。あれ、どうしたの？」

どうしたも、こうしたも。私は、雅美の言葉に唖然《あぜん》としてしまって、口もきけない。これが高校に入りたての女の子の言葉だろうか。私は、大人でもないし、もうすでに子供でもないつもりだから、眉《まゆ》をひそめることも、真っ赤になって恥しがることもないけれど、素直に驚いてしまう。私と同じ年の女の子が、男の子のあの部分に口をつけちゃうなんて。

「あ、やらしい想像してるでしょ」

「うん」

「だから、あんたのこと好きなんだ。正直でさ、ちっとも偏見がないもの。他の日本人の女の子なんて、ほんとはそういうのに興味あるくせに、いやらしいなんて叫んだりするんだよ」

「はっきり言って、びっくりしてる。でも、男の子を知っちゃった雅美が羨しい」

「え？　私、まだ知らないよ、ヴァージンだよ」

私は、ますます混乱した。ヴァージンが、なんでブロウジョブのやり方を覚えるの？　そんな私を見て、雅美は、ただくすくすと笑っていた。

こんなふうにセックスについて、あっけらかんと話す彼女が、まだヴァージンだなんて、とても信じられない。

「うん、皆、マーシー、あ、私、そう呼ばれてるんだ。マーシーは、おかしいって言ってるよ。ジェインもそう。あなたは生きてくことのおいしい部分をまだ知らない、もったいないって。でも、私は、男の子とベッドで愛し合うには、心も体も準備が出来てないって思うんだ。準備出来てないのに、寝たって、多分、おもしろくないと思う。熟してない果物を食べたって、おいしくないように」

そういうものだろうか、と私は思う。今、雑誌を開けば、どこにでもセックスに関する情報は出てる。だから、男の子も女の子も、それについての興味で、心の中はいっぱいだ。でも、実際に男の子と寝たことある私の友人なんて、ほんのひと握りにすぎない。だから、その子たちの体験談なんて聞くと、皆、真剣。ひと言も聞き洩《も》らさないように、なんて表情して。そういう時の彼女たちの顔、私、時々、ひどく嫌になる。舌なめずりという言葉がぴったりなんだもの。そう雅美に言ったら、彼女ったら、げらげら笑った。

「わかる、わかる。想像つくよ。欲求不満の中年の主婦みたいな表情になっちゃうのね。で、後で、話の張本人のことを、いやらしいなんて陰口を言ったりするんだ。皆、経験するってことを意識し過ぎてるのね。私たちのまわりなんて、ほとんどが経験ずみじゃない？　だから、話は、もっと具体的。そうか、あの男の子は、そんなふうにベッドの上で振る舞うのか、私の彼も、教育しなきゃ、なんてね」

あまりにも、まわりに、そういう話が転っていると、セックスに関する話なんて、どうってことなくなってしまうのかもしれない。実際、雅美の話には、少しもいやらしさなんてない。

「でもさ、そんな話をしてるとさ、ロマンティックなものなんて、なくなっちゃうんじゃないの？」

「あら、そんなことないわよ。知識や技術がしっかり備わってた方が純粋にロマンティックな気分味わえるんじゃない？　あのジェインですら、新しい男と寝る時は、ヴァージンみたいな気分だってさ。ディックが自分のあそこに入って来る時って、思わず、声を出しちゃうんだって」

「痛いから？」

「ばか」

私の素朴《そぼく》な質問には雅美の方が顔を赤らめていた。本当は、私だって知っている。男と女が愛し合う時には溜息《ためいき》の会話がかわされるってこと。でも、具体的によく解《わか》らない。溜息って、うんざりした時とか、退屈した時にしか、私はついたことがないのだもの。嬉しい時につく溜息って、いったいどんなものなんだろう。

「ねえ、雅美。男の体って、絶対に知らなきゃいけないものなの？　女には必要不可欠なのかなあ」

「そりゃあ、なくても生きて行けるけどさあ。でも、男の体って、女の心には必要不可欠なんじゃないかって、私、なんとなく思ってる。本だとか、香水だとか、そんなのって、生きのびて行くには必要ないけど、生きてるって実感を味わうには必要でしょ」

そう言って、雅美は煙草《たばこ》に火を点《つ》けた。あーあ、この年齢から、そんなもん吸っちゃって、でも、その煙草も彼女が言うところの生きるって実感のひとつなのかしら。

当然のことながら、私の部屋には灰皿なんかないので、子供の頃《ころ》から持っている安物の宝石箱を彼女に渡した。

「灰はここにね。吸い終わったら、ふたを閉めておいてね」

「素敵!! 宝石箱に煙草の灰を落すなんて!! 大人と少女が微妙に混じり合ってるって感じね」

大人と少女の微妙な混じり合い。まさに、それは、私や雅美の年代を意味してはいないだろうか。どっちつかずのもどかしい時間。子供の部分の多い私は、大人への憧《あこが》れに苦しいぐらい胸を熱くし、大人の部分の多い雅美は、完璧《かんぺき》な大人でないことの喪失感を胸に抱《かか》え、手もちぶさたで煙草をふかす。その証拠に雅美は、こんなふうに呟《つぶや》いて二本目の煙草に火を点ける。

「おいしいとは思わないわ。でも、何かが必要なの。男かもしれない。煙草かもしれない。それとも、自分自身かもしれない」

「やっと、自分自身になれたって言ったじゃないの」

「そうよ。でも、それは、ありのままの自分自身。私が、こうありたいと目標にしている自分自身には、ほど遠いもの」

「目標なんて、あるんだ」

「もちろんよ。でも、まだ無理ね。年を取らなきゃ、近付いていけないわ」

ふうん。私は、雅美をまじまじと見詰めた。彼女の爪《つめ》は綺麗《きれい》に磨《みが》かれて、色を塗ってある。とても派手なピンク色だ。足の爪は解らない。

「ね、ペディキュアもしてる?」

「してるよ、ほら」

彼女は靴下《くつした》を脱いで私に見せた。意外なことに、透明なエナメルがひとはけ、塗ってあるだけだった。

「もっと、強烈な色、塗ってるのかと思った」

「ふふ、まだヴァージンだもの。足の爪ぐらい、イノセント《う》で《ぶ》いさせてあげなきゃね」

私たちは笑った。雅美は、つき合おうか、どうしようか悩んでる男の子が、どんなに素敵かを話し始めた。

「そんなにいいのなら、ジェインと寝たことがあったって、いいじゃない。ボーイフレンドにしちゃえば」

「うん、でもさ。私、あんまり気になってさ、ジェインに彼が、どんなメイクラブをするのか尋ねちゃったのよねえ。もしも、私とのベッドでさ、それと同じことがくり返されたりしたら、一気に幻滅しちゃいそう」

「相手によって、変わるものじゃないの？　やり方って」

「さあ、よっぽど、親切な年上の女とでも、やれば、変えられて行くんだろうけどね。でも、私たちぐらいの女の子って、そこまで、出来ないじゃない。才能ない男は、ずうっと、才能ないままよ。ハイスクールの女の子たち、恋に落ちるのも早いけど、相手を見かぎるのも早いからね」

才能あるって、どういうことかしら。しかも、ベッドの中で。私、頭が混乱してしまって、すっかり何も考えられない。

雅美が、私の家に来て泊まって行った日以来、私は、ぼんやりとあのことについて考えている。あのこととは、彼女が言った「才能のある」ってことだ。男女のことに関して、才能のある男と女。彼女は処女のくせに、もうブロウジョブのやり方だって知ってるって言う。私は、男の人のあそこに口をつけるなんて、考えただけでも、ぞっとしちゃう。でも、人を愛したら、そんなことって平気になっちゃうのかしら。食べ物を口に入れるように、あんなものを口に入れたり出来ちゃうんだろうか。彼女の友達ジェインはいつもこう言って、目を潤《うる》ませるそうだ。

「When he eats me, I feel so good《彼が私を食べる時、すごく気持が良くなるの》」

　恋愛すると、相手の男や女が食べ物になってしまうんだろうか。でも、食べ物をいとしいとは思わないし、人間の体は食べることが出来ない。そういうもどかしさを、いとしいと言うのだろうか。いずれにせよ、男の体を口に入れたいと思ったことのない私には、よく解らない。

　私は、ぼんやりと教室内を見渡した。机に腰をかけて、わいわい騒いでいる男の子たち。アイドルの記事を読んで、きゃあきゃあ喜んでいる女の子たち。彼らが、雅美のハイスクールのように、愛だ恋だと、くっついたり離れたりし始めたらどうなるんだろう。ちょっと考えられない感じ。そりゃあ、冗談ぽく、皆でわい談なんか、よくしてるけど、実際に、初体験をすませちゃった人たちなんて、そんなに多くはないだろう。雅美の話を聞いた後では、なんだか皆が子供に見えて来る。私だって、体で係わるような恋なんてしたことないのに。この教室で陽気にはしゃいでる人たちも、やがては誰かと結ばれるのだ。そして、相手の体が欲しくて、瞳を潤ませたりする時期が来るのだ。私は、ほおっと溜息をついた。なんだか、そんなふうに他人に影響をあたえられてしまうのが恐《こわ》いような気がする。私を食べて。あなたのことも食べるから。そんなことを人生の中で言う時が来るのって問題だ。人間は、大人になると動物に戻ってしまうのかしら。だって、これって、まるで食肉人種の会話みたいじゃない？　ロマンティックな恋には憧れるけど、それにそんなグロテスクな欲望がつきまとうなんて。

「最近、ぼんやりしてるじゃん。何か心配事でもあるの？」

仲良しの美沙子《みさこ》が私の肩をポンと叩《たた》いた。

「ねえ、美沙子ってヴァージン？」

「きゃっ!!　いきなり何、言ってんの。当り前でしょ」

「ふうん、山下くんと結構、長いじゃん。まだそういうのないの？」

「ないよー。やだやだ、ねえ、皆、こいついやらしいんだよお!!」

　その後、私は、女の子たちに頭をつつかれたり髪をひっぱられたりした。誰もが嬉《うれ》しそうに笑っていた。顔を赤くさせながら。私も仕方ないから、冗談だよーなんて言って、一緒になって笑ったけれども、なんだか変な気分だった。淡々とセックスについて話をする雅美より、彼女たちの方が、ふと嫌《いや》らしいんじゃないかと思ったのだ。何だか、彼女たちの体からは、甘酸《あまず》っぱい匂《にお》いが漂っていた。発酵しきれないもどかしい匂いが体の中にぎゅうぎゅうに詰っているような感じがしたのだ。私、何かを知らなくてはいけない。漠然《ばくぜん》とそんなふうに感じていた。それは、男の体とか、そういう具体的なものではなかったけれども。

　それから、しばらくたって、ひさしぶりに雅美から電話がかかって来た。受話器を耳に当てた時に、私は何だかいつもの彼女と違うものを感じた。いつもなら、「ハーイ、元気、ワッツ、アップ?!　雅美だよ」なんてビートに乗ったような声が聞こえて来るのに、その時、何と言うのかよく説明出来ないのだけれど、受話器から流れ出る声に、「たたずまい」のようなものを感じたのだ。

「何だか、雅美、変みたい。何かあったの?」

「うん。実はね、私、ブライアンと寝たの」

「え?!」

「やだ。聞き返さないでよ。恥しいから。よく聞いてよ。私、ブライアンとメイクラブしちゃったのよ」

「えーっ?! ヴァージンあげたのお?!」

「あげたんじゃないわよ。自分から進んで失《な》くしたのよ。英語ではそう言うのよ」

「ごめん。ブライアンて、この間、話してた男の子?」

「そう。いちかばちかで、彼とつき合い始めたんだけど、デートをくり返す内に、私、自分自身に苛々《いらいら》して来ちゃったの」

「どういう意味?」

「つまり………私ね、彼のことすごく好きで好きでたまんなくなって来ちゃってさ。もう精神的にクレイジー　アバウト　ヒムでね。何か足りない、何か足りないって思い始めて、それを彼に伝えたのよ。そしたら、彼も同じだって言うの。その日は、彼の家、ダディもマムもいなくってさ、私たち一日じゅう見詰め合った後、結ばれたの」

「ど、どうだった？」

「I don't know what to say……It was fantastic……」

「え？　なーに」

「最高だったって言ってるのよ。私、やっと欠けていた何かをものにしたって感じだった。あなたも恋に落ちればよく解る。私、自分の苛々の原因が解ったわ。足りないものは彼の体だったんだって。人を全身で愛するのって、こういうことだったんだって。恋の段階が進むと心だけでは満足出来なくなるのよ。今までの恋なんて、まるでおもちゃみたいだったたって思っちゃう」

　私は、どぎまぎしてしまって、変な質問をしてしまった。

「ねえ、そ、それで、そのブロウジョブとやらは試したの？」

「試すも何も、もう彼の全部が欲しいって気分になっちゃって、そう、したわ」

　ああ、雅美も肉食人種の仲間入りか。私は、とり残されたような、自分は絶対にそうなりたくないような変な気分だ。

「彼、すごく経験あるみたいで上手だった。で、ジェインに尋ねたの。あんなにメイクラブが上手なのに、どうして別れたのって。そしたら、彼女、こう言ったわ。

彼が上手だって感じたのなら、それは、あなたが彼に恋してるからよ。そして、彼が上手になったのは、彼があなたに恋をしてるからよって。恋する相手と初体験を味わえて、私、とっても幸せよ。ついに、I've got my man !!」

雅美が電話を切った後も、私はしばらく呆然《ぼうぜん》としていた。やっぱりよく解らない。解ることはただひとつ。私も、とりあえず、心の恋から始めなくてはいけないということだ。

Crystal Silence

夏に恋が似合うだなんて、いったい誰が決めたのかしら、とマリは言う。私たちがスウィミングプールに行った帰り、ティールームでお茶を飲んでいた時のことだ。知り合った男の子、親に内緒でのぞいたディスコ、数年ぶりに食べたお祭りの綿菓子。真夏の話題は、いつも少し子供っぽくて、ノスタルジックで、私たち女の子の気持をなごませる。ソーダ水や苺《いちご》のアイスクリームや、そんなふうに色の付いた飲み物やお菓子に一番よく似合う。もちろん、私たちの年齢にも。

夏の始まりには、ちょっと大人っぽい冒険でもしてみようかと、騒ぎながら友達同士で提案し合ったりしてみるものの、実際の私たちは、そんなことに足を踏み入れるには、少しばかり臆病《おくびょう》だ。そりゃあ、誰だって小説に出て来るような海辺での出会いを経験してみたいと思っている。けれど、そんなもの、待っていたって、滅《めっ》多《た》に来ないものなのだ。だから、こうして、夏休み中にも女の子同士で集まっては、甘いお菓子を食べながら、おしゃべりを楽しんだりする。

今日もそうだった。仲よしの女の子たちが六人程、集まった。親孝行のつもりで家族旅行につき合った子も、ボーイフレンドと映画を見ただけで終わってしまった子も、ハワイに、あまり意味のないホームステイをして来た子も皆、集まった。

「あーあ、早く学校、始まらないかなあ」

「休みも、こんだけ続くと飽きるわよね」

「相変わらず、彼もできないしさ」

うだるような暑さの中で、夏を楽しむのって、案外、難しいものだ。結構、休みの間の不平、不満が皆の口をついて出る。ロマンティックは予測するのは簡単だけれど、実現するのは難しいということだ。

私たちは全員が集まる間、他愛《たわい》もないおしゃべりに興じていた。

「これから、マリが来るってよ」

「ふうん、あの子、なんでプールに来なかったの？」

「誘ったんだけどさ、人の沢山いる汚いプールでなんて泳ぎたくないって言うんだもの」

「変なの。ま、あの娘、前から変わってたけどね」

「私、ちょっと苦手。生意気なとこあるじゃん」

「しっ、マリじゃない」

誰もが入口の方向に視線を走らせた。真っ黒に陽《ひ》に灼《や》けていて、真っすぐな長い髪がとても綺麗《きれい》だ。彼女は、とてもしなやかな動作で、テーブルの隙間《すきま》をするりするりと、通り抜けて歩いて来た。口惜しいけど格好がいい。他の女の子たちみたいに、髪をリボンで縛《しば》ったり、ロゴの入ったDCブランドの服なんて着ていない。白いタンクトップにショートパンツをはいているだけだ。素足には金色のチェーンが巻いてある。他の子たちが精いっぱいお洒落《しゃれ》したという感じではいている可愛《かわい》い色のソックスや、飴玉《あめだま》のようなネックレスなどが突然、色あせて見える。皆、時々、マリの悪口を言ったりするけど、私は彼女が好きだった。彼女の格好を見ても解《わか》るとおり、彼女は、とても率直な女の子だった。誰にも媚《こ》びたりしない、だから誤解を招いてしまう、そういう種類の女の子だった。

「すっごい陽に灼けてるんじゃん、マリ、どっか行ってたの？」

「うん、おばあちゃんのとこ」

「どこなの?」

「沖縄のはずれの島よ」

「へえ、リゾートっぽいとこ?」

「ううん、海しかないとこ。観光客なんていない」

「えー、何してたのよ、そんなど田舎で」

「男の子に恋してた」

皆、一斉《いっせい》に顔を見合わせた。どんな言葉を口に出していいのか解らない。恋なんて言葉、ちょっと古めかしくて、照れてしまうのだ。ひとりが吹き出した。それに続いて、全員が笑い出した。マリは憮然《ぶぜん》とした表情で、黙っていた。明らかに他の子たちを馬鹿《ばか》にしているのがよく解る。私は、ひとりだけあせってしまっていた。グループの内のひとりが不愉快な思いをするというのが我慢ならないのだ。

「ね、マリは何飲むの?」

「ジントニックをください」

彼女は、とりつくろうようにして尋ねた私にではなく、テーブルに来たウェイトレスに向かって言った。

「恋をすると、ずい分、大人っぽい飲み物を飲むようになるのね」

マリって苦手と言っていた女の子が皮肉っぽく言った。彼女とマリは、いつも事あるごとに口論になりかけるので他の子たちは、それをなだめるのに必死になる。また始まったか、という感じ。

「恋をすると喉《のど》が乾くのよ。ジントニックはそういう時にぴったり。まあ、黄色い声をあげてるような恋しか出来ない人には解らないと思うけどね」

「何が恋よ。よくそんなくさいこと言えるよね」

「やめなよ。せっかくひさしぶりに会ったのに」

マリは一向に意に介さない様子で、運ばれて来たジントニックにライムを絞《しぼ》り込んで飲んだ。そして、私の方を見て笑いかけた。彼女は、私が自分に好意を持っていることを充分に知っているみたいだ。私は、少しどぎまぎする。だって、あんな言葉を聞いたせいか、彼女の口許《くちもと》が、とても涼しそうに見えるのだもの。それも、熱いものが急に冷やされて水滴を浮かべるようなそんな涼しさが唇《くちびる》の上に浮かんだのだもの。

「ね、後で、話さない。私、この子たち好きじゃないの」

マリは小声で私にそう言った。私は、驚いて、皆を見渡したけど、彼女たちはもう他の話題に移っていて、マリの声を聞いていなかった。最近出来たばかりのコーヒーショップの話や、小物のお店の話。マリのしなやかな動作を見てしまった後では、他の子たちの話は蒸し暑くほこりっぽく思えた。夏はうんと陽に灼けることだ。私はそう思った。そうすれば、どんな暑さも味方に付けることが出来る。

私とマリは彼女たちと別れた後、赤坂のホテルのロビーで待ち合わせた。こういう所で待ち合わせるのなんて、すごく大人っぽい気がする。それも、きちんとした格好の男の人とではなく、ショートパンツから惜しげもなく脚を出している素敵な女の子と会うのだ。

マリは、私よりも先に来ていた。私を見つけて、少し寂しげに笑った。他の子たちと一緒にいた時の強がっている感じなど何もない。

「さっき、夏に恋が似合うなんて誰が決めたのかしらって言ってたでしょ。マリ、恋をしたって言ってたのに、あれ、どうして？」

私は気になっていたことを尋ねた。彼女は少し困った顔をして言った。

「だって、私の恋って、あんまりにも、その通りだったんだもの」

マリは、ここでもジントニックを頼んだ。

「そんなに飲んで酔っぱらったりしないの？」

私の問いに彼女は笑ってライムを絞る。

「立て続けに飲んだりしないもの。それに知ってる？　私がお酒を飲み始めたのは十四の時よ。煙草《たばこ》もそう。まあ、たまにだけど。男の人とベッドに入るのを覚えたのも同じ年齢《とし》」

私は信じられない思いでマリを見た。彼女は別につっぱった雰囲気《ふんいき》もないし、ディスコ通いをしてる娘たちのような派手な格好をしているわけでもない。それに、私なんかにとってはショッキングなそんな言葉を別に自慢するでもなくさらりと言ってのける。

「そんなに驚いたりしないでよ。あんただから言ってるの。別に隠《かく》すわけでもないけど、さっきの娘たちに話したって、陰口の対象になるだけだからね。私、嫌《きら》いよ、あの娘たち。でも、適当に仲良くしておかないと、学校での生活、少し不便になるでしょ」

「どうして、私は、あの人たちと違うって、マリは思うの？」

「私、他の子たちより、すこおしキャリアがあるもの。思うんだけどさ、あんたもう少ししたら、すごく素敵な女の子になると思うよ」

私は頬《ほお》が熱くなって行くのを感じていた。こんなこと、面と向かって言われたこと、ない。女の子達は、もちろんお互いに、誉《ほ》めあったりするけど、それは皆、自分が誉めてもらいたいからだ。決して、心からじゃない。こんなふうに真っすぐに見詰められて、素敵になりそうなんて言われると、困っちゃう。

「私ね、一緒にトイレに行くような友達なんていらないって思ってた。女の子が、あまり好きじゃなかったのよ。男といる方が、楽しかったわ。彼らの方がいい意味でも悪い意味でも正直だもん。でもね、今回、ある男の子と恋をしたら、うんと誰かにその話を聞いてもらいたくなったの。美しいものを知る才能のある女の子に、ね」

私は、また赤くなった。それって、私のこと？　マリったら、私のことを買いかぶり過ぎている。

「正直言ってさ、冷房のきいた都会のラウンジで飲むジントニックなんて、おいしくないの。でも、この味で、私、彼と私の間で創《つく》り上げたものを思い出すことが出来るの」

「そんなに素敵な人だったの？」

「とっても陽に灼けてた。魚とか、貝とかを獲《と》って来て、いつも届けてくれるの。おばあちゃんの家の近所の家の男の子なのよ」

「へえ、やっぱ高校生？」

「ううん、学校なんて行ってないわ。漁船の修理したり、砂糖きびの畑の世話したり、そんなことをしてる人よ」

「話、合わなかったんじゃないの、それじゃ」

「話なんてしないもの」

「どうして？　つき合ってたんでしょ？」

「彼、耳も聴こえないし、口もきけなかったのよ」

「!!」

「そんなに驚かないで。私だって、恋をする時は、共通の話題とか、お互いの将来のこととか、話をいっぱいするもんだって思ってた。でも、不思議ね。そんなものって男と女の間に必要ない場合もあったのよね」

「だって……だって、困っちゃうじゃない。どうやって自分のことを伝えるのよ」

私は白い歯で下唇を噛《か》んで笑いをこらえているマリを見て、ひとりうろたえた。この世の中に、言葉がなくて、音がなかったら、人間同士が心を通わせることなんて、出来ないように思われる。だって、もし私の目の前に、うんと陽に灼けたグッドルッキングの男の子が現われたとしても、彼が何も喋《しゃべ》らなかったら、そこに立ちつくすだけだろう。私の話が彼の耳に届かなかったら、こんな悲しいことってないじゃない。

「ねえ、解る？　お喋りの時に使うのは口だけじゃないのよ。この意味、解る？」

「……マリ、セックスのこと言ってるの？」

「もう！　あんたも、雑誌やあの女の子たちに毒され始めてる。私が言ってるのって、そんなことじゃないの。たとえば、彼は耳が聴こえなかったわ。でも、私の息を吹きかければ、私が何を望んでいるのかがすぐに解るような耳だったわ。私の息が喜んでるのか悲しんでるのかが、すぐに判断出来る程に敏感な耳だった。唇もそうよ。音は出なかったけれども、それ以上に私に色々なことを話しかけて来た。私も、いつのまにか努力してた。努力なんて言うと、またくさいって言われそうだけど、どうやって彼に私の気持を伝えようかって、そりゃあ努力したもんよ」

私は、人気《ひとけ》のない砂浜に寝そべるマリとその男の子を想像した。私は、すっかりどぎまぎしていた。あっさり、寝ちゃったのなんて言われるより、彼女の言葉は、はるかに私の想像をかき立てた。じりじりと陽に灼ける体を気遣うことも忘れて、耳に唇を付けるマリを思うと、私の心の中に鮮明な色彩が広がって行く。

「海は青かったの？」

「青いっていうよりむしろ紺色《こんいろ》ね、浅瀬はグリーンだったわ」

「砂浜？」

「岩がごつごつしてて、砂浜も広がっているの。岩陰では真水も湧《わ》いてるのよ」

「聞いてるだけで絵が描《か》きたくなってくる感じね」

「あれっ？　あなた絵なんて描いたっけ」

「ううん。でも、マリ、そう思わなかった？」

「思わなかった。絵の中にいる人間は、絵なんて描かないもんよ」

私が、まいったと思うのは、こういう時だ。同じ年齢なのに、何故《なぜ》、こんなに違うのだろう。マリに比べると、本当に私はスロースターターだ。あせって、大人になることはないと、いつも思い続けているのだけど。

「本当に静かで素敵な島よ。でも、普通の娘たちにはきっと解らない。何もかもが自然のまま放って置かれている場所だもの。あの男の子もそう。私にしか価値が解らない。いつも、ぼろぼろの短パンとTシャツしか身に付けていなかった。髪の毛なんて、脱色されちゃってぱさぱさだったしね。でも、離れた所から、彼の姿を見つけるでしょ。真っ黒な顔で私を見て、すごく嬉《うれ》しそうに笑うのよ。その時の白い歯を見ると、私の胸、痛くなった。心にも体にも、あれで噛み跡を付けて欲しいって思ったわ。いても立ってもいられないの。男が欲しいって、こういうことかって思った。立ってるだけで、私を涙ぐませた奴《やつ》なんて初めてよ。私、ちょっと口惜《くや》しかった。初めて、男の子に負けることの気持良さを味わっちゃったんだもの。それも、何も持ってない男の子によ」

そう言って、マリは親指の爪《つめ》を噛みしめた。私は、彼女から潮の匂《にお》いを嗅《か》いだような気分になり、まじまじと見ると、彼女の瞳《ひとみ》が潤《うる》んでまつ毛がしっとりと濡《ぬ》れていた。

「暑かったわ。クーラーなんて、ない。彼は、それなのに汗なんてかいてなかった。慣れてるのね。島の気候に。そこから出たことなんてない子だもの。いつも髪の毛を潮風にさらして、気分良さそうだったわ。でも、私はそうは行かなかった。じっとしてるだけで、体じゅうがびっしょりになっちゃうの。彼は、笑って私を海に連れて行ってくれたわ。素敵だった。余分な音がないの。波の音や風の音が自分の気分の動きによって色を変えるのよ」

マリは、そんなふうに言うけれども、私にはよく解らない。音に色があるものかしら。

「いつも二人で海辺で過ごしてたの？」

「そうよ。そういえば、砂糖きびの畑にも行ったわ。私、初めてで、どうやって味わうのか解らなかった。彼が茎《くき》を切って、私に渡したの。それを彼がするように嚙みしめたの。甘い味が広がったわ。生暖かくて、すごくだらしない甘い味。太陽って、ずい分、いやらしい味を作るものだと思ったわ。だって、私、嚙みしめた砂糖きびの味が舌の上を流れて行った時、どうしても、彼にキスしたくなっちゃったんだもの」

「で、したの？」

「うん、今度は私が教えてあげた。でも、彼、知っていたわ。女の子の舌は、砂糖きびの茎のように嚙みしめるものじゃないってこと」

　私は自分の口の中まで甘味で満たされて行くような気がした。私は正直言って、なんだか、マリとその男の子が、とてもふしだらなような気がしていた。だって、熱いキス。そして、熱い空気。口づけは永遠に終わらないような気がする。

「他には、どんなことしてたの？」

「うーん、よく彼はうにを取って岩に打ちつけて割って食べさせてくれた。海水で洗って、それを口に入れてくれるのよ、私の口に。ちょっと生臭《なまぐさ》いけど、おいしいの。私は、うにしか口に入れなかったのに、次に私が彼に食べさせてあげようとした時、彼は私の指まで食べたわ」

「えっ⁉」

「本当に食べたんじゃないわよ。でも、私、この人に食べられてもいいと思った。なんだか、指先から柔くなって、溶けちゃいそうになってたのよ、私」

「なんだか、いやらしい」

「本当ね。私も、自分でそう思ったの。でも、彼の少し困ったような笑顔を見てたら、そんな気持、吹きとんじゃったわ。彼って、自然で、そんな感じ少しもないの。きっと、潮水で消毒されているのね」

マリは、いつのまにか椅子《いす》にスニーカーのまま立て膝《ひざ》になっている。ホテルのティールームにいるお行儀の悪いひとりの女の子。けれど、大人たちが、誰もとがめるような視線を送らないのは、彼女もしっかりと消毒されて来たせいかしら。彼女は煙草だって吸う。それもフィルターの部分を噛みしめながら。私は、その少しも不自然でない様子を目の当りにして、特権を持った人って、いるものだなあと思うのだ。大人に似合うものが似合う女の子なんて、きっと何百人にひとりしかいない。そして、今、私の目の前にいる女の子がそうなのだ。

「マリ、ごめんね」

「どうしてあやまるの？」

「いやらしいだなんて言って」

マリは微笑《ほほえ》んで私を見詰めた。

「いやらしいことにも色々種類があるのよ。私、あの島でのいやらしい自分が好きだった。何も考えないで、あの男の子のことにだけ、かまけてる私が大好きだったわ」

そう言われてみて、私は想像する。誰もいない海辺で、うにの殻《から》を割って食べさせ合う陽《ひ》に灼《や》けた二人の姿や、砂糖きびの汁をお互いの舌で味わう様子を。本当の恋など知るよしもない私でさえ、何故か、体は熱くなる。

「彼とは、寝た？」

「うん」

「彼、口がきけないんでしょ。耳も聴こえないんでしょ。マリがどんなに好きだって言っても解《わか》らないんでしょ」

「私の口も、その時、きけなかったわ。耳だって聴こえなかったわ。あんなに騒がしい波の音だってよ。でもね、音のないものの音が、聴こえる瞬間て、恋をしているとあるものなのよ」

たとえば、映画の中のラブシーンを私は想像する。そこには、音楽が流れている。だから、私たちも愛を語り合う時には音楽が必要なんじゃないかと思ったりする。愛してるという言葉がそれに変わる時もある。だから、私たちは、愛に言葉が不可欠だと思うこともある。マリの話は、はじめから、私を混乱させっぱなしだ。音のないものの音だとか。音に付いた色だとか。

「彼の方から誘ったの？　それとも、マリの方から？」

「彼は誘って、私は誘わせたわ。ううん、どちらからともなくって感じかなあ。彼は、じっと私を見詰めてた。私のことを欲しいんだって、よく解ったわ。私も彼と同じように瞳を使ったの。えっ？　どういうふうにって……欲しいものがこんなに目の前にあるのに、まだ手に入っていないっていう気持を伝えようとしたのよ。そしたら、涙が浮かんで来たわ。私、彼にそれを知って欲しかった。波のしぶきと涙が混じってしまわない内に、彼の首に手をまわしたの」

「ロマンティックね」

「というより、なんだか悲しい気持だった」

「どうして？」

「あまりに幸せだったから」

　私は彼女の気持、解るような気がする。陽ざしがあまりに明るいと目の前が暗くなるように、人の心にも余分な影をおとす程の幸福というのがあるものだ。私は、ぼんやりと、かつて父と母が愛し合っていた頃《ころ》の私の家を思い出していた。

「汗がね」

「えっ？」

私は我に返ってマリの顔を見た。

「汗をかいてたの」

「……だって暑かったんでしょ」

「うん……、言ったじゃない。彼は島の空気に慣れてるから、あまり汗なんてかかないんだって。でも、私と抱き合った後に彼、汗をかいてたわ。いつも潮風に吹かれてる茶色の髪が、湿ってた」

「……」

「今、思い出すと、彼の体が海の水以外のもので濡れるのって、私と愛し合った時だけだったみたい」

本当に熱かったのね。私は心の中でそう呟《つぶや》いて、見たこともない南の島の少年を思い浮かべる。そして、男にとって、好きな女の子が流させた汗というのは、どういう意味を持つのだろうかと、ぼんやりと考える。

私は、その時、記憶喪失だった。そうマリは言う。何も思い出せなかったし、何も考えられなかった。そう彼女は続けて、遠くを見るような目つきをする。

「彼だけが目に入ってたってわけ？」

私の問いに彼女は笑う。私は憧《あこが》れている。愛する男の子だけが視界に入るその瞬間。切り取られた時間の中で恋焦《こ》がれているものだけに触れるその贅沢《ぜいたく》な感じ。

「陽ざしが眩《まぶ》しくて、彼のことも見えなかったわ。彼は、それなのに静かな目で私を見ていたみたい。太陽は彼の背中の上にあったから、瞳をよく働かせることが出来たのね。彼の耳が聴こえないように、私の目も見えなかった。私たち、ちょっと可哀相《かわいそう》な動物みたいに愛し合ったってわけ。その内、彼の顔がはっきり見えるようになったから、陽ざしに目が慣れて来たのかしらと思ったけど、時間がたって、太陽が動いたのね。彼の影が、私の顔の上に落ちていた。まるで日時計みたい。そう思うと、ますます彼がいとしくなったわ。体は、じりじりと灼かれているのに瞳だけがすずしくなったの。私、気持良くて、ちょっと笑ったわ。そしたら、彼も微笑んでた。真昼に、こんなふしだらなことしてるのに、罪の意識なんて少しもなかったのは、そのせいね、きっと」

砂糖きびを嚙みしめ、うにを海水で洗って食べさせ合い、そして陽ざしの中で男の子と愛し合う。まるで動物みたい。そして、なんて、幸福そうなんだろう、と私は思う。

私たちの生活って、色々なディテイルによって動かされすぎているんじゃないかと、時々思ってしまう。たとえば、あそこのブランドのお洋服が欲しいからアルバイトをするとか、誰々は、どこそこのお店に出入りしているから格好がいいとか。でも、それは自分の価値観から出た言葉じゃない。「あそこのブランド」とか、「どこそこのお店」のようなのって、ほとんど多数決の世界だ。そういう付属品が、もしなかったとしても、素敵な人間って、いったい私のまわりにどれだけいるだろうか。空や海や砂の中に裸で立っただけで、他の人を幸福にさせるような人なんて、どのくらいいるだろうか。音楽をバックグラウンドにしてロマンスを生むことの出来る男の子は沢山いるけれど、波や風の音だけを背にして、女の子の心を疼《うず》かせることの出来る男の子なんて、私は知らない。言葉もない、けれど話の出来る才能を持っているというマリの愛した日時計のような人。

「素敵な夏休みだったのね」

「うん」

「また会うんでしょ？」

「もしかしたら、ね。来年、また」

「どうして、もしかしたら、なの？」

「私が何も話さずに彼に恋をしてしまって、彼もそうだったわ。恋って、そんなに簡単にやって来るものなのよ。人の心って、解らない。色々なことで、すぐ変わる。どうなるか本人にだって解らないものだわ」

「割りきってるの？」

「まさか?! 私、そんなに大人じゃない。ううん、大人だったら、余計そう。遊びじゃない、真剣になって恋に落ちる瞬間が、そんなに沢山はやって来ないこと、よく解ってる。私、彼が好きよ」

驚いたことに、マリは泣いている。私は、何とか、彼女の気持を元気にしてあげたくて、必死だ。

「いつも、彼とジントニックを飲んでたの？」

「ふふ、あんな島にジントニックなんて、ないわ」

マリは涙を拭《ぬぐ》って、無理に笑って見せた。

「だって、彼のこと思い出すんでしょ？　それ飲んでると」

「あのね。夕暮れになると、彼がその土地で作るお酒と炭酸と氷をアイスボックスに沢山詰めて砂浜に来るの。ライムに似た果物もいっぱいね。で、夕陽を見ながら、二人で、お酒飲むのよ。おいしかったわ。少しも酔っ払わないの。暑いせいかなあ。同じようなお酒を東京で捜してみようと思って、色々試したのよ。そしたら、これがそうだったの」

　そう言って、彼女はグラスを持ち上げて見せた。細かい泡《あわ》が浮いては消えて、とても澄んだ綺麗《きれい》な飲み物に見える。

「ちょっと、飲んでもいい？」

「いいよ」

　私は、一口飲んで、顔をしかめた。普通のソーダのように見えるのに、なかなか手強《てごわ》い味がする。

「なんだか辛くて苦いね。舌触りは甘いのに」

「そういうものなのよ」

そんなふうに、ぽつりと言うマリは、明らかに甘い物を味わって喜ぶ私と同じ年齢なのだ。けれども、見えない所で、もうお酒を味わう舌を身に付けている。

「私が東京に帰る日、あの子、私をずっと見詰めてた。ずっと、ずっと、見詰めてた。瞳が、とっても澄んでたわ。まるで、何かにろ過されたみたいな混じりっ気のない視線が私に張り付いてた。あの人、私のこと、きっと、うんと、好きだったのね。私も見詰め返したわ。大好きだっていう気持を込めて、彼のことを見たの。私、恋のことで、こんなに努力をしたの、生まれて、初めてだったと思う。相手に、こんなにも自分の心を解らせようとしたの初めてだった」

「泣かなかった？」

「泣かなかった。と、言うより、泣かないように努力をすることで、大変だった。言葉を使えば簡単なのに、と思うように、彼も、泣けば簡単なのにと思っていたと思うの。でも、彼も私もそうしなかった。だからこそ、お互いに、お互いの瞳の色を忘れることはないと思う。でも、彼の目の中に、私の姿がはっきりと映ってたから、彼は、涙は浮かべてたわね、きっと。ほら、美しい気持の時の涙って、鏡のようになるでしょう？」

そう言って、私を見るマリの瞳も鏡のように私を映している。彼女は色々な人と恋をして来た。きっと、大人たちから見たら、とんでもない子かもしれない。彼らは、そう言うだろう。でも、どうして？　大人たちが眉《まゆ》をひそめるような女の子が、何故《なぜ》、こんなにも綺麗になれるの？　まだ十七歳。それなのに、お酒を飲む。煙草《たばこ》も吸う。男の子とも寝る。そして、彼女は、私のまわりの大人たちよりも、ずっと美しい。鏡のような涙を流すことの出来る人間なのだ。

「私、あの島で、色々なもの味わったわ。甘いお砂糖。苦い海の生きもの。塩辛い海の水。でも、一番、おいしかったのって、彼の私に向けられたあの視線だったわ」

ちょうど、そのお酒のように？　私は心の中でマリに問いかける。彼女は泣き笑いをしながら、グラスの中に閉じ込めた夏の思いを大切に大切に、すすっている。

Red Zone

私の目の前で、カズミが泣いている。彼女の部屋。こっそりと缶《かん》ビールなんか持ち込んで、やけ酒というものをやってみようと、彼女は提案したのだけれど、半分も飲まない内に彼女は泣き出した。

私は、ビールを飲みながら、彼女をただ見ている。私は、不思議と冷静な気持だ。だって、目の前の彼女が、悲しいのだということが、はっきりと解《わか》るからだ。私が困ってしまうのは、女の子が私の目の前で、声を上げて泣くのではなく、ただ涙ぐんだりする時だ。だって、そんな時の女の子は、嬉《うれ》しいのか、せつないのか、よく解らない。とりわけ、男の子というエッセンスが瞳《ひとみ》にさされている時など、そうだ。とてもささやかな事柄《ことがら》が、女の子の瞳に透き通ったおいをかけるから、側《そば》で見ている人には、何が何だか解らない。それに、そういう時の女の子は、まるで、私とは違う人種のように綺麗《きれい》に見えたりするから、私は、訳もなくどぎまぎしてしまうのだ。

それに、ちょっと嫉妬《しっと》したりもする。私の知らない甘やかな思いを彼女たちが味わっている。まるで、上等のアイスクリームを絞り出したように心が良い匂《にお》いを立てて、食べてくれと言わんばかりに溶けている。そんな場面に出会ったりすると、私は、劣等感をほんの少し感じて下を向いたりしたくなる。この娘、今、私よりも、ずっと綺麗だ、なんて、正直に認めてしまって。

声を上げて泣いているカズミの姿は、私にそんな気持を起させない。もちろん、私は彼女に同情している。けれど、涙ぐむ女の子は美しいと思うけど、鼻をかみながら泣きじゃくる彼女の様子は、私を感動させない。そういう時、私は思う。人間を美しく見せるのって、彼女、あるいは彼らが、あやふやな感情を心の中に持つ時ではないかしらって。うんと怒ったり、うんと泣いたりする時の人間って、うんうん、気持は解ると頷《うなず》かせてあげることは出来るけれども、他人の心をきゅんとつかんだりすることがないのだ。

私って、案外、冷たいのかなあ。ふと、自分で感じたりする。カズミの彼のサエキくんが、年上の女の人に夢中になってしまったのだと言う彼女を、うんと可哀相《かわいそう》には思うものの、私、どっかさめている。

「ビールって、おいしくないね。どうして、大人って、夏になると、ビール、ビールって騒ぐのかしら」

うんと、喉《のど》が渇いた時は、体の中をスムーズに通り過ぎてくれる、お水やジュースの方が、ずっとおいしいのに、何故《なぜ》、わざわざ、こんなに喉に引っ掛かる苦いものを好き好んで飲むのだろう。

私の言葉を無視して、カズミは、喋《しゃべ》り続ける。

「ひどいと思わない⁈ 突然、私のこと避け始めるから、おかしいと思ってたんだ。あいつ、私が、皆の前でつるし上げなかったら、そのまま、私と別れちゃうつもりだったんだよ。それも、私なんかと同じぐらいの年齢《とし》の子ならいいよ。年上ったって、一個か二個なら、仕様がないけどさ、相手の女って、もう二十八だって言うんだもん。二十八だって⁈ おばんじゃないの。はっきり言って。冗談じゃないわよ。なんで、私より、そんなおばさんがいいわけ⁈ 馬鹿《ばか》にしてるよ」

そう言って、彼女は、また鼻をかんだ。悲しい気持より、どうやら、くやしいって気持の方が、今は強いみたい。なんだか、可哀相。私は、鼻を真っ赤にしているカズミと、放課後、カズミの仲間に取り囲まれていたサエキくんの姿と、両方に対してそう思う。

あの時のサエキくんは、あせっていた。ずっと、カズミと二人きりにならないように逃げ続けていた彼が、とうとう女の子たち四人につかまってしまったのだ。はっきりしなよ、とか、男らしくないよ、とか、散々、皆につっつかれて、冷汗をかきながら、サエキくんは、下を向いていた。そして、決心したように顔を上げると、私たちではなく、カズミの顔を見詰めて、きっぱりと言ったのだ。

「おれ、他《ほか》の女が好きなんだ。その人のこと以外、考えられない。悪いけど、カズミと二人きりで話させてくれ」

その時の彼の目を見て、あ、もう、カズミとは駄目《だめ》だなって、私は感じた。彼の目は真剣だった。今まで、逃げてたけど、もう覚悟を決めたって、感じがした。女の子たちは、文句を言いながら、彼らを二人きりにしたまま、帰った。私は、ひとり教室で、カズミを待っていた。サエキくんをつるし上げる時より、二人きりで話をした後の方が、彼女は女友達を必要とするのだろうと思ったのだ。私は、二人の間に、終わりが来ていることを、もう悟《さと》っていた。他の子たちは、これから、カズミとサエキくんの間に、けっこう長い話し合いが行なわれるだろうと思ったらしく、先に帰った。私は、すぐに、彼女がつらい気持でひとりきりで戻って来るだろうと思っていた。だって、二人の間の空気は、もうつながれていないように見えたのだもの。少なくとも、サエキくんの方は、まるで、目に見えないはさみを手にして、二人の間の空気を一所懸命に断ち切ろうとしているかのようだった。

案の定、カズミは、泣きながら、教室に戻って来た。そして、ひとり残っている私に、抱きついて、泣いた。それから、ずっと、泣いている。

「どうして、そんなおばさんがいいのよって私、あいつに聞いてやった。そしたら、彼、すごく、やな顔したわ。私が、今までに一度も見たことがない表情。私、あいつに軽蔑《けいべつ》されたのよ。あいつ、なんて言ったと思う？　今のおまえの方が、よっぽど、おばさんに見えるよ。余計なもんが、いっぱいついてるよ、だって?!　どうしてだかわかんない。どうして、そんなこと、私が言われちゃうわけ?」

私にも、解らない。二十八歳の女の人。私たちよりも、ずうっと年上。いかにも、大人の女って感じの人なんだろうか。二人は、どんな話をするんだろう。共通の話題なんて、あるのかしら。

「寝たんだって。その人と、寝たんだって言うのよ。いやらしいよね。そういうこと出来るから、夢中になってるだけだよね」

「そんなこと、カズミに言ったの？」

「うん。私が、絶対に別れないって言ったら、そう言われた。私、それ以上、何も言えないで帰って来たわ。ずるいよ。私たち、ちゃあんと、キスしたし、その先まで、行ってるのにさ。あんなことまでさせて、私、損した感じ」

そう言って、ますますカズミは泣きじゃくる。サエキくんは、決して、カズミにキスして、得したとは思ってないだろうに。対等につき合っていた者同士が、ある日を境目に、加害者と被害者に別れてしまうなんて。私は、何だか寂しい気持で、彼女を見詰めてる。


カズミとサエキくんが別れたという噂《うわさ》は、あっという間にクラスじゅうに広まった。女の子たちは、皆、カズミの味方になってしまい、サエキくんに冷たい視線を送る。彼は、じっとそれに耐えていた。それは、あまりにさりげない耐え方だったので、他の人たちには、彼がカズミとの関係が終わったことなど、どうってことはないと思っているように見えた。

　カズミの方は違っていた。サエキくんのそしらぬ顔が彼女を益々《ますます》刺激し、彼女は、休み時間に女の子たちに慰められながら、よく泣いた。そして、泣いている内に、またもや怒りはこみ上げて来て、サエキくんをののしった。まわりの女の子たちは、カズミによって、サエキくんの悪口を言う権利を与えられたかのように、口々に、そして、聞こえよがしに彼を非難した。

　そんな彼女たちを見ながら、私は、なんだか、やり切れない気持でいた。カズミは、明るくて、冗談の好きな子で皆に好かれていた。とびきりの美人ではないけれど、雀斑《そばかす》の浮いた顔が魅力的な子だった。それなのに、その可愛《かわい》らしさを、人をののしることで今はだいなしにしている。私は、そう感じた。これが、何の関係もない人間をののしっているのなら、正義感の強いまわりの子たちは、うんざりしてしまったことだろう。けれど、つき合っていて、そして、一方的に別れを告げられた、「ひどい男」をののしるのだから、誰もが、彼女を暖かく、そして、少しばかりの優越感を感じながら許すのだ。私は、どうしても、その輪の中に入って行けない自分を感じてる。

　私の好きな女の子たちは、失った恋を皆、ひっそりと処理している。自分の心の中に小さなお墓を作り、埋めてしまいたい恋に、やさしく、やさしく土をかける。そして、かけ終わった後に、こういう素敵な恋をしたのよとお友だちに話して見せる。私は、まだ胸を疼《うず》かせながらも、小さな恋の埋葬の結末を囁《ささや》くようにして話す女の子たちに、ずい分と憧《あこが》れたものだ。今のカズミにそれはない。訳が解らなくて、やり切れない気持なのは私にも理解出来る。けれど、失《な》くしてしまった恋は、涙のしたたる内に、他の人に知らせるものではないと、私は思う。多分、カズミは、とても寂しいのだ。ひとりきりだと感じたくないから、皆に、色々なものを吐き出してしまうのだろう。たったひとりになったという孤独を何度嚙《か》みしめることが出来たか。そのことが、女の子を恋上手にするのだと思うなんて、そんなことを本当の恋も知らない私が口にしたら、ちょっと、大人ぶり過ぎているかしら。

　どんなに女の子たちにひどいことを言われようとも、サエキくんは口をつぐんでいた。私は、そんなサエキくんに、ひそかに好感を持っていた。それは、やるじゃないのって感じで、どちらかというと男が男を励ますような、そんな思いだったかもしれない。私は、他の女の子に気付かれないように、サエキくんの様子を観察した。無口な男の子は、女の子の好奇心をくすぐる。その男の子が、何も喋らないくせに瞳に色々な感情を溶かし込んでいるとなおさらだ。

彼は、男の子同士の雑談の合い間に、ひとりで窓の外を見ていることがあった。そして、時折、秋の風が吹き込んで来たりすると、とても気持良さそうに目を細めるのだった。秋を味わってるわ。私は、そう思った。彼は、そんな時、眉《まゆ》を細めるのだ。それは、今まで、私の目にしたことのない男の表情だった。眉というのは、不快な時にひそめるものだと思っていた私は、心地良さを浮かべた眉のひそめ方を初めて知り、胸をどぎまぎさせるのだった。この人、男の子じゃないわ。もちろん、私は、サエキくんに恋心など抱いてはいないけれど、それとは別な所で、胸をつかまれたような気分になり、慌《あわ》てた。きっと、その年上の女の人が、彼に教え込んだんだ。私は、そんなふうに思いついて、顔を赤くした。

彼、寝たって言うのよ。いやらしいよね。カズミの泣き声が私の耳によみがえる。いやらしい？　確かにそうだ。でも、そうだとしたら、いやらしいってことは、なんて秘密めいた素敵なことなんだろう。甘やかないやらしさを眉と眉の間に刻み込んだ男の子は、もう男の子じゃないのだ。心とは別な女の子の大切なものをつつくくらいに憎らしい大人になりかけているのだ。私は、サエキくんの全身をながめまわして、そして、そんなことを我知らずしている自分に気付いて、ますます顔を赤くした。

それから何日かたち、カズミも人前では泣いたりしなくなった頃《ころ》、彼女は、私の所に来て、ごめんね、とひと言、言った。

「なんであやまるの？」

「だって、皆を巻き込んじゃってさ」

「私、気にしてないよ。だって、別に巻き込まれたりしてないもの」

「解ってる。あんたって、冷たいもん」

「冷たいとは、ずい分じゃない？」

「ごめん。でも、一緒にあいつの悪口を言ってくれる子たちよりは、ずっと、私のこと考えてくれてるって解ってたもん」

私は、ちょっと、すまないなあという気持になった。私は、カズミのことも、もちろん考えてたけど、サエキくんのことを、より多く考えていたのだ。

「もう、大丈夫なの？」

カズミは黙っていた。もう彼女は、ちゃんと、朝、髪を洗うくらいに立ち直っているように見えた。シャンプーの良い匂《にお》いが、首を傾《かし》げるたびに漂って来る。

「まだ、駄目」

「……そんなにサエキくんがいい？」

「私とつき合ってた頃のあいつには、もう気持の整理つけた。もう、興味ないわ。でも、私と別れた後の彼に、どんどん心が引かれて行くの。ね、あいつ、前より、ずっと素敵になったと思わない？」

私は、思わずカズミを見た。ちょっと、やんちゃな表情を浮かべたファニーフェイスには変わりないけど、明らかに彼女、綺麗になっている。特に口許《くちもと》が、だ。やっぱり、吐き出される言葉によって唇《くちびる》は美しさを変えるのかしら。サエキくんの悪口を言い続けていたカズミとは、まるで別な女の子みたいに、綺麗なとがり方をする。

「正直に言うけど、私もそう思う。近頃のサエキくん、すごく素敵だよ」

「やっぱりね。私さ、どうしても、あいつに、ちゃんと話をつけなきゃ気がすまないと思いつめて、家まで行ったの。それで、見ちゃったんだよ」

「何を?」

「あいつが、素敵になって行く原因」

カズミは、拗《す》ねたように頰《ほお》を膨《ふく》らませて、下を向いた。

「私があいつの家の前まで行ったら、丁度、二人が出て来たんだ。私、慌てて曲り角のところに体を隠したの。まるで、悪いことしてるみたいに」

カズミは、そう言って舌を出した。いかにも恥しいことをしたっていう顔をしてる。でも、その時の彼女は、必死だったのだろう。あまりにも人を好きになった時の悪い症状ってある。それは、恥しいっていう感情の基準がずれることだ。自分を他人の眼《め》で見ることが出来なくなることだ。

「綺麗《きれい》な人だった? 例の年上の女の人」

「うん。でも、思い描いてた人と全然違った。私、髪の長いハイヒールはいた、いかにもって感じの女を想像してたんだけど、さ。髪が短くって、男の子みたいな人なの。ジーンズにリーボックのスニーカーはいて。化粧してないんだけど、真っ赤な口紅だけつけてるの。背もうんと高いし、その口紅がなかったら、男友達だと思ったかもしれない」

素顔に真紅の口紅なんて、素敵だって私は思った。私や友達の女の子って、やっぱりお化粧するけど、そんなふうには出来ない。口紅の色が濃《こ》くなると、やっぱり目もきちんと色を塗らなきゃって思うし、そうすると、今度は頬紅も塗らなきゃって感じで、どうしてもどんどん厚化粧になって行く。そして、ついに、まだお化粧なんて似合わないって思って、全部落してしまうのだ。瞳《ひとみ》の光に自信が持てなきゃ何も塗ってないところに赤い口紅なんて引けやしない。だから、そういうことの出来る大人の女の人に、私はいつも憧れる。

「私、あの時、すごーく、落ち込んでたじゃない？　だから、涙出そうだった。だって、サエキくんたら、私といた時には見せたこともないような顔してたのよ。口許は微笑《ほほえ》んでるのに困った顔なの。こんなに好きになっちゃって、どうしようって感じの顔なの。そういう顔して、彼女の肩を抱いてるの」

「抱き合ってたの？」

「それが違うの。彼は、肩抱いたり、髪にさわったり、一所懸命、好きだっていう態度を見せてるんだけど、彼女は、普通なの。ちっとも彼にべたべたしたりしないで、きちんと喋《しゃべ》ってるの。私とつき合ってた時と、まるで、逆」

「恋に慣れてる人なのかな。それとも、サエキくんが一方的に熱をあげてるのかしら」

「一方的じゃないみたい」

「どうして解《わか》るの？」

「あの人、自分で夢中にならなきゃ、男となんて寝ない人よ」

「…………」

不思議なことに、私は苛立《いらだ》たしさを感じていた。確か、彼女は少し前まで、相手の女の人をののしっていた筈《はず》だ。それなのに、今では、まるで憧れの女の人について話すような口調で喋っている。そんなのって、みじめだ。勝てる訳がないとでもいう感じ。サエキくんとの別れを皆に喋っていた時のカズミは、確かに嫌《いや》な感じがした。でも、今のカズミは、とても可愛いし、それに何かが抜け落ちてしまったかのようにはかなげだ。私は、迷子の子供を見るようにカズミを見ていた。彼女は憎む場所をも愛する場所をも失った迷子のように見えた。

「一体、サエキくんとその人は何を喋ってたの？」

「言葉」

私は苛々して、大きな声を出した。

「当り前じゃないの！　動物じゃあないのよ」

「そうか。そうよね。でも、二人で言葉を話してた。私、そういう表現しか出来ない。ああん、私、詩が書けるような人間だったら、あんな言葉を喋りたい」

「何よ、だから、何について喋ってたのよ」

「あの人、レイコさんて名前らしいんだけど、金木犀《きんもくせい》の匂いがするって言ったの」

「ふうん、金木犀なら、うちにもあるわよ」

「もう、苛々しないでよ。甘くて歯が痛くなりそうって彼女は続けたの」

「虫歯なのよ」

あんなにサエキくんの味方だった私が、今では彼と彼の恋した女の人に憎しみに近い感情を抱いている。カズミの気持の変わりように、私は、すっかり裏切られたように感じていたのだ。カズミというのは、言い変えれば、若い女の子ということだ。決して大人ではないただの女の子。大人に簡単に言いくるめられてしまうつたない私たちの年代。

「それで、彼女はその時初めて、サエキくんの頬に触れたの。秋には恋に落ちないって決めていたけど、もう先に歯が痛いって言いながら。そしたら、彼は泣き出しそうな顔で、こう彼女にきいたわ。金木犀を食べたの？」

「サエキくんも変！　絶対に変」

「変じゃないわ。そしたら彼女、首を傾けて言ったの。金木犀も、食べたの。だから歯の痛みにはキス」

私は、その時、言葉を失くした。なんだか甘酸《あまず》っぱい気持が心の中に湧《わ》き起った。

二人の交わした言葉が私の心の中に広がった。

金もくせいの匂いがする
甘くて歯が痛くなりそう
秋には恋に落ちないって決めていたけど
もう先に歯が痛い
金もくせいを食べたの
金もくせいも食べたの

だから
歯の痛みにはキス

カズミは溜息《ためいき》をついて、言った。

「そして、キスをしたの、二人。そしたら、サエキくんの唇にレイコさんの口紅が付いた。まるでクレヨンで線を引いたみたいに。赤い悪戯描《いたずらが》きみたいだった。彼女が親指でそれを拭《ぬぐ》ってたわ。サエキくん、子供みたいに拗ねた顔をして、されるままになっていた。可愛かったわ。私、あの人にかなわないって思った。ほら、私たちの年頃ってさ、大人ぶりたいじゃない？　それを素直な子供に戻してしまうなんて、すごいって思ったの」

多分、私たちの年頃ばかりではないのかもしれない。恋をしたいと思っている人たちは、絶対に大人ぶる。ちゃんとした大人だって、自分を完璧《かんぺき》な大人に見せようと思って、強がるだろう。けれど、恋をした人たちは違うのだ。お互いがお互いを子供に戻す。大人に包まれた子供になるのだ。でも、そんな素敵な恋の出来る人って、いったい世の中にどのくらいいるのだろう。

「それで……サエキくんのこと、あきらめがついたってわけね」

「まさか！　私、あきらめてないわ。だって、私、あの人みたいになれる可能性、充分あると思うもの」

そう言って、カズミは笑った。

恋の結着をつけるって、大切なことだ。私たち女の子は、前の恋をきちんと終わりにしないと次の恋に進めない。恋って、いつも、女の子にとっては全力投球のハードな義務なんだ。めめしい思いを残したままでは、次のお相手になんだか悪い気がする。

でも、結着をつけるったって、そのやり方は人によって、色々ある。一番簡単なのは、相手の男の子を大嫌《だいきら》いになること。でも、これって問題だ。だって、今まで、その男の子に夢中になっていた自分も否定しなくてはならなくなるのだもの。あんな男を好きだったなんて、どうかしてたのよ。そう思うことは、少しばかり屈辱だ。だって確かに、それまでの自分は、「あんな男」につり合っていたのだもの。

最初、カズミは、このやり方で、サエキくんへの思いを断ち切ろうとしていた。そして、出来なかった。私は、よかったと思ってる。人を憎むのって、まだ子供の私たちには無理。大人と違ってポーカーフェイスが作れないもの。素知らぬ顔で、人を憎むってことが出来ない内は、男の子を憎んでののしったりなんてこと、しない方がいい。それは自分自身を醜くするだけだ。

それから、時間をたよりにする方法ってのもある。苦しかったり、悔《くや》しかったり、悲しかったり色々な感情が心の中を行ったり来たりするままにまかせて、じっと待つ。心を痛めつける感情の糸が絡《から》み合っているのを時間の河に流してあげるのだ。そうすると、段々、そういうものがほどけて行く。そうすると、大好きな男の子は、かつて大好きだったただの人になる。あんなに好きだった人がただの人になってしまうのはせつないけれど、でも、その内に、新しい男の子が特別な人として、心の中に入り込む。

カズミと私は、長いことそんなことを、ちょっと真面目《まじめ》に話し合った。来たるべき恋に備えたいから、経験の乏しい私だって、こういう話の時は、案外必死だ。

カズミは、どうする？　私は尋ねた。レイコさんとかいう女の人の話を聞いた後ではなおさら、彼女がどうしようとしてるのか、気になった。私、あきらめないわ。カズミは、そう言ってた。

「でもさ、はっきり言って、今のサエキくんとレイコさんの間に、カズミが割り込むって無理でしょう?」

「当り前よ。それに、そんなこと、しようとも思わないわ。あんな素敵な女の人に勝てるわけないもの」

「でも、あきらめないって、じゃ、ずっと、サエキくんが彼女と別れるまで待つの? そんなのって、カズミらしくないよ」

「彼を待つ訳じゃないわ。自分のことを、待つのよ」

「?」

私には、カズミが何を言いたいのか良く解らない。彼女は、それなのに、何かを悟ってしまったように、すっきりとした表情を浮かべている。

「ねえ、大人ってどういうものだと思う?」

「どうって……」

「私ね、サエキくんが年上の女の人とつき合ってるって聞いた時、まっ先に思い浮かべたのが、タイトスカートをはいて、気怠《けだる》い感じに煙草《たばこ》をふかす女の人。ほら、よく映画に出て来るじゃない、シーム入りのストッキングとかはいちゃってさ、年下の男の子に恋のレッスン、ううん、て、言うよりさ、セックスのレッスンしちゃうみたいなやつ。たいてい、映画のそういうシーンでは、男の子の方が、そういう女の人に溺《おぼ》れて夢中になっちゃうのよね。そんなの想像してたんだ」

私も、はっきり言って、そう。だから仕方ないなって思ったんだけど。

「でもさ、そんなのって、大人の単なるパターンなんだよね。大人の女って言って、すぐに、私たちがそういうのを思い浮かべちゃうってことは、さ、誰でもそういうふうに出来ちゃうってことなんだ。考えてみれば、気怠く煙草をふかせる女の人って沢山いるじゃない。気怠いって言葉は、私たちにとっては、大人への憧《あこが》れを表すものでしょ。でも、本当は、そうじゃない。本当の大人って、うんと一所懸命なんじゃないのかな。あの時のレイコさん、すごく純粋に見えた。サエキくんに自分の心を伝えようとして、ひたむきだったわ」

「ねえ、カズミ」

「ん?」

「知ったかぶりする訳じゃないけどさ、私も本当の大人って、そういうもんだって、ずうっと前から思ってたんだよ」

「すっごい！　やっぱり、私の友だちだね」

「馬鹿《ばか》ね。でも、そういうことにカズミも気がついたなんて、すごいと思うな。髪をかき上げて気怠く煙草をふかすだけじゃ、大人もどきだよね」

「うん、煙草だとか、タイトスカートだとか、そういうのって、後から付いて来るもんだよね。赤い口紅だって、そう。赤い口紅が気怠く見える内はつけない方がいいんだよね。本当の大人の赤い唇《くちびる》って、絵の具箱の中のあの色みたいにあどけないんだ」

　絵の具箱の赤。私は想像する。他の色たちとごちゃごちゃに混じっても決して、不自然ではない赤。けれども、まっ先に手に取ってしまう色。

「私、自分のことを待ってる。赤い口紅が似合うようになったら、サエキくんをものにしてみせる。とても素敵な心で彼を自分のものにする」

　それから数日たって、カズミに会うと、彼女は、シャネルの赤い口紅を、お姉さんにプレゼントしてもらったのだって言って笑った。

「失恋したからって言ってさ、お姉ちゃんからせしめちゃった。それで、私、何したと思う。あいつに会いに行ったのよ。シャネルを握りしめて、ね。あいつ、私の顔見て、ちょっと、あせってた。今さら、家まで訪ねて来るとは思ってなかったみたいよ。私、あいつの目の前で、口紅を引いたの。鏡がなかったからはみだしてたかもね。彼？　ただびっくりしてたわ。で、私、彼を恐《こわ》がらせないように近付いて、素早くキスしちゃった。唇のはしっこにね。それで、今までありがとうって言って、呆然《ぼうぜん》としてる彼を残して帰って来たの」

カズミの口紅とサエキくんの唇が重なった部分は、とても綺麗な色だったそうだ。彼にはカズミの気持、わかったかしら。赤い紅で、予約済みのスタンプを残した女の子の気持。せっかくお姉さんからもらったシャネルの口紅、カズミは不用意に手を出したりしないように、それ以来、鍵付《かぎつ》きの宝石箱に入れたきりなのだと言う。

Jay-WalK

あいつはいい加減なやつだと、誰もがヒミコのことを言う。男の子たちも女の子たちもだ。彼女は、教室のお掃除なんてしない。放課後は、そそくさと帰る。誰かがとがめると、私にお掃除なんて似合わないと、あっさりと言い残して、ひらひらと踊るように歩き去ってしまう。何かの当番がまわって来ても、私は、パス、とだけ言って爪《つめ》をやすりで磨《みが》いていたりする。そんな自分勝手な彼女に誰も面と向かって、駄目《だめ》じゃないの、などと言わない。何故《なぜ》なら、彼女は、ものすごく美しくて、そういう我儘《わがまま》が、どうしようもないくらいに似合っていたからだ。そして、ただ美しいだけではなく、他人の瞳《ひとみ》を見据《みす》えた時の彼女の目の光には、ぞっとするような迫力があったのだ。父親が、やくざの組長だという事実も手伝って、誰も何も言えないのだ。

ただし、彼女に対する陰口はすごかった。皆、彼女を憎んでいるみたいだった。何人もの女の子が自分の彼をとられていた。どういうわけか、ヒミコがモーションをかけると、男の子たちは彼女に夢中になってしまうのだ。それまで、悪口を言っていた筈《はず》の男の子でも、だ。そして、ヒミコが好きになる男の子は、皆、彼女がいる男の子ばかりだった。そういう男の子にしか、彼女は関心がないみたいなのだ。そして、誰かの男をとる。男をとられた女の子ときたら悲惨だ。とられても仕様のないくらい素敵な女の子なら、彼女たちだって許せる。つまり、女の子から見ても素敵な女の子、ということだ。けれど、ヒミコはそうじゃない。女の子が一番、大《だい》嫌《きら》いなタイプの女の子だ。ううん、女の子って感じじゃない。ヒミコの場合、女っていう雰囲気《ふんいき》だ。男の気を引くことにかけては、すべてを知っているって感じの女だ。

いつのまにか、女の子たちは、彼女のことをJAY—WALKのヒミコと呼んでいる。JAY—WALKというのは、斜め横断のことだ。英語の授業中、先生の雑談の中で出て来た言葉だ。すぐに人の彼をとろうと、禁止されている斜め横断をして側《そば》に寄って行くような彼女のやり方から出た言葉だ。

「とにかく頭に来るのよ、あの女のやり方は」

今日も、女の子たちは放課後に、いつものコーヒーショップに集まって、ヒミコの悪口を言っている。

「なんでさあ、男って、あんな女なんてよーって言ってるくせに、夢中になっちゃうわけ。私、全然理解出来ないっ」

「私も。あんな子は遊んで捨ててやるくらいの気持、どうして持たないのかしら。だらしないったらありゃしない」

「学校にまで、マスカラつけて来て、目をぱちぱちさせるんじゃないわよ。腹立つなあ」

ヒミコは、確かに派手だ。けれど、それは、つっぱりの女の子たちのような感じの派手さではない。もっと、ぎくりとするような感じなのだ。なんて言うのかな、夜の匂《にお》いがするって言うか。

髪をうんとのばして、ウェーブをかけている。爪ものばして尖《と》がらせている。ソックスなんて履かない。いつも薄手のストッキングだ。しかも、パンティストッキングではない。時々、パンティも履いてないみたいだ。放課後は一体、どんな格好をして歩いているのだろう。多分、うんと踵《かかと》の高いハイヒールを履いてるんじゃないかなあ。

私は、皆に言うと叱《しか》られそうなので、口には出さないけど、ヒミコをちょっぴり格好いいと思っている。ギャングの情婦の予備軍みたいな感じがするからだ。あの鋭い目つきに濃いアイラインなんかを引いたら、さぞかし似合うだろう。そして、うんとタイトなスーツを着たりしたら完璧《かんぺき》だ。

私たちの年代の女の子たちって、どんなにお洒落《しゃれ》でも、どこかの雑誌に出ているような格好をしている。さりげないとか自然体とか、そういう誉《ほ》め言葉をもらいたいから、どうやってさりげなくしようかと心を砕き過ぎて、結局、皆と同じ格好になってしまう。

私だって、うんと考えた末、今年の冬に向けて、シンプルで可愛《かわい》いオーバーコートを買った。そして、とても幸せな気持で、それを着て、女の子たちと待ち合わせた時、皆が、同じような型のやつを着ていてがっかりしたものだ。私以外の子たちは、わあ、おんなじお洒落だねえなんて、嬉《うれ》しがっていたけど、私は、なんだかせつなかった。大人にならないと個性なんて出て来ないものなのかしら、なあんて思ってしまった。好きなタレントとか俳優だってそうだ。だいたい系統的に分けられる。私たちの好みなんて、たかが知れたもの、そう思うと、なんだかあせってしまう。すごく、せまい範囲でしかものごとを見ていないのかしら、などと思ってしまうのだ。

ヒミコの格好なんて、ちっともトレンディじゃない。けれど、彼女のような好みを持っている女の子って、どんなところにもいないのだ。私たちの年齢では。だから、ほんのちょっぴり格好いいなあって思ってしまうのだ。けれど、私だって、もちろん、あんな自分勝手な女の子を友達になんてしたくない。

「山内くん、ほら、サッカー部の。あの子なんてさ、早速ふられてんの。ミキとうまく行ってたのにさ。あんな女にふらふらしちゃうなんて馬鹿《ばか》だよね」

「知ってる。ヒミコって、自分のものになったら、それでいいのよ。自分がどれだけ魅力あるっての試したいんじゃないの？　最低」

「絶対、女友達なんて出来っこないわよ。あれ程、嫌われてる子も珍しいもん」

「ジュンコの彼だって、あいつにとられたんだよ。まあ、彼の方がすぐにふられたから、ジュンコとは元に戻ったけどさ」

「どうして、男って、今までつき合って来た女の子がいるのに、ああなるのかな。ヒミコだって、そう。どうして、人の男が欲しくなるんだろう」

「つまりさ、女の子は、ただ一所懸命にその男の子に尽くしてるだけじゃ、ああいう女に負けちゃうってことよね」

「そんなのってないよ。何の努力もしないで、人の男を手に入れちゃうなんて」

　そこで、私が口を出した。

「ヒミコには、何かがあるってことじゃない？　他の女の子の持ってない何かが。今までの女の子が自分にしてくれたすべてと引き替えにしても、つき合ってみたくなる何かがあるんじゃない？」

「そうかなあ。私はそう思わないけど」

「私も」

　誰もが、私の言葉に反論した。女同士がこれだけ嫌ってるのに、男が心引かれちゃう何かを持っているかもしれない彼女。私だって確信を持ってる訳じゃない。でも、あの強い目の光に、私は、恐《こわ》いもの見たさのような魅力を感じて、どうしても彼女のことを見てしまう。

その日の夕方、私は、何でこんなことしなくてはならないのだろうと、気の弱い自分に嫌気《いやけ》がさすのを感じながら、立っていた。

「それで？　私に何が言いたいわけ？」

ヒミコは、じろりと私をにらむ。私は、額に冷汗をかいて、両手を握りしめている。彼女と面と向かって話をするのは、これが初めてだ。どうして、こんなことになってしまったのだろう。仕方ない。私はじゃんけんに負けたのだ。そのじゃんけんに加わること自体、絶対に私のやり方なんかじゃないのだけれど。

それは、こういうことなのだ。例によって、女の子がひとり泣いていた。ヒミコに彼氏をとられたからだ。もう我慢が出来ない、と、まわりの子たちが言い出した。どうして、そんなことをするのか、その理由を彼女から聞き出し、クラス全員の女の子たちが、彼女のやり方に腹を立てていると伝えようということになったのだ。

私は、黙って、女の子たちの怒りのこもった発言を聞いていた。成程、とは思ったものの、自分には関係のないことのように思えた。今回、彼をとられた女の子は、私とはそれほど親しくはなかったし、それに、とられちゃう方にも問題はあるかもしれないって、少し冷たい気持で感じていたからだ。

誰かが代表で言いに行くのよ、と、ひとりの子が言った。そして、賛成の声があがった。じゃんけんで決めようよ。また他の子が提案した。私は、子供の遊びを見るような気持で、皆がじゃんけんするのを見ていた。それは、本当に他愛《たわい》ない遊びに見えた。私には、恋している男の子なんていない。だから、そんなふうに見えてしまうのかもしれない。だからと言って、私は別に意地悪な気持でいたことは決してない。私はこう思ってしまうのだ。他人の恋は、やはり、他人事《ひとごと》。本人しか解決出来ないんじゃないかしらって。どんなに心配したって、その当人の気持にはなれない。女の子たちが、他の子の上手《うま》く行かない恋の力になってあげようなんて思う時、私、絶対にある種類の優越感が働いているような気がしてしまう。だから、私は、感想を言うことしか出来ない。それで、その当人の気持が収まるなら、私は思っていることを言おうと思うけど。

「ほら、何、やってんのよ。あんたもやるのよ」

ぼんやりとしてた私に、レイコが言った。

「えっ、私もやるの？　やだなあ」

「えーっ、考えらんない。友達がいのないやつ」

「駄目だよお。トモのために協力しなきゃ」

しぶしぶ、私は立ち上がった。まあ、いいか、こんなことで仲間はずれにされたら、嫌だもの。そんなふうに思って、私は、じゃんけんの輪の中に加わった。そして、負けたのだ。

皆、一斉《いっせい》に、ほっとした顔で、私を見た。私は、困りきっていた。だって、やっぱり、ヒミコは恐い。けれど、ヒミコをのぞいたクラスの女の子たちの方がもっと、恐い。普通の子たちが集まると、パワーあるもの。

「それで、いったいなんなのよ」

ヒミコは、苛々《いらいら》した様子で、私を見詰めている。私は、どうしていいのか解《わか》らない。そうしている間に、どんどん日は暮れて行く。夕陽《ゆうひ》が、彼女の横顔に当って、綺麗《きれい》だ。この人、違う。私は、そう思った。何が、どう違うのかって言われると困るけれど、でも、他の女の子たちとは違うのだ。彼女は、とても、ひとりなのだ。片方の頰《ほお》に夕陽が当ると、ちゃんと、もう片方の頰には影が出来る、そんな女の人なのだ。ふわふわと漂う私たちには影がない。そんなものは、どこかに消えてしまうくらいに無責任な輪郭を持っている。

「あのね、トモの彼のことなんだけど……」

「それがどうかしたの?」

「彼女、泣いてるのよ。今まで、せっかく上手く行ってたのに……」

「行ってたのに、何よ」

「つまり……あなたが、後から割り込んで来て……その……」

私は、言葉に詰まりながら、ようやく、そこまで言って、ヒミコの顔を見た。彼女は、眉《まゆ》を上げて、何、言ってるの、この子、という感じで私を見ていた。

「だから、返してあげて欲しいって……」

「そう皆に言えって言われたわけね」

私は、驚いて言葉を失った。ヒミコは、吹き出した。

「何がおかしいの?」

「ねえ、男と女の間に、前も後もないのよ。ずっとトモと彼氏が上手く行ってたなんて、そんなの嘘《うそ》よ。だったら、私がいくら気のある素振《そぶ》りしたってさ、あの男は、私にふらふらなんてしないわよ。解ってないわね。二人の間に隙間《すきま》があったから、私が入り込んだだけのことよ。それを取った取らないって言って欲しくないね。いい？　本当にその女が好きな男は、他の女の視線なんて受け止めても、受け入れないもんなのよ。他の女の視線が自然と心ん中に入って来ちゃった場合、前の女とは、もう駄目なのよ。トモの彼は、トモじゃない女が欲しかったのよ」

私は絶句した。だって、私が話したいのは、男と女のことではなく、男の子と女の子の話なのだ。ヒミコの言うことが、なんだか遠い世界についてのことのように聞こえる。

「くだらないわよ。だいたい、あんたたち。そんなに口惜《くや》しかったら、トモが、私んとこに来ればいいじゃない。それをねえ、まあ……、あきれちゃうね。ま、人に同情したり、協力したりするのって、一種のレクリエイションだけどさ。私は、そんなに暇じゃないのよ。遊び狂うので忙しいんだからさ」

「そんな言い方、しなくたっていいじゃないの。トモは、あんたと面と向かって話せるような子じゃないんだと思う。だけど、彼が、まだ好きなのよ。すごく、きっと苦しいのよ」

ふふん、と、ヒミコは鼻先で笑って見せた。

「返すも何も、トモの彼となんか、つき合う気、ないわよ。からかっただけ。彼女んとこに、あの男が戻るも、戻らないも、彼の勝手よ。ちょっと、いいなって思ったけど、キスの仕方も知らない男なんて、気味悪かったわ」

「トモが可哀相《かわいそう》じゃないの」

私は、そう言って、自分が心にもないことを口に出していることに気付いた。私は、トモと彼のことなんか、本当は何も知りはしないのだ。

「あんた、本当は、そんなこと思ってないでしょ」

私は、ぎくりとした。そして、何故《なぜ》か、素直に頷《うなず》いてしまったのだ。

「ふふふ、変わった子ね。ね、これから遊びに行こうか。夕陽も素敵だし」

ヒミコは、おかしくてたまらないという表情をしながら、私を誘った。

私がヒミコと教室を出て行くのを、女の子たちは不思議そうな表情で見ていた。

ひとりが、私の腕をつかみ、尋ねた。

「ね、どうなっちゃったの」

「それが、まだ……」

「話をつけに行くってわけね？」

私は返事をしなかった。話なんて最初からないのだ。彼女は私たちとは違うところにいる。話をしたって無駄《むだ》なことなのだ。それを女の子たちは知らない。同じ年齢の女の子たちは、誰もが似かよった考え方を持っていると思っている。年齢というのは、単なる基準になるだけであって、人間の数だけ物の見方は違うというのに。ヒミコは、私たちと同じ年齢であって、同じ年齢じゃない。

「がんばってね」

ひとりが、私の肩を叩《たた》いた。こんな時に、私は集団って、少し恐いと思う。自分たちと違う人間がいるという事実を初めから消してしまっているのだ。まるで、伝染病のように、十七歳の女の子が思うこと、というのが広がり、それにかかっていない女の子を彼女たちは認めないのだ。

私は、小さく頷いただけで、ヒミコの後を小走りして追いかける。私も、その十七歳の伝染病にかかっているのだ。これから、遊びに行くのよ、なんて、恐くて言えやしない。病気の対処の仕方が解るくらいに、私も熱に浸《ひた》っている。女の子たちの集団から決してはずれないようにすることが、どんなに便利かというのを、よく解っている。

外に出ると夜が始まりかけていた。遠くの木々やビルディングの方が空よりも黒い。私は、この見慣れた風景を、不思議な気持でながめていた。

「ねえ、明け方と夕方って、すごく似てると思わない？」

ヒミコは、私の方を振り返って言った。私には、よく解らない。明け方の街など、数える程しか見たことがないからだ。そして、それを彼女に伝えると、彼女はくすりと笑った。

「そうかあ。そんなことも知らないのかあ。世の中の区切りは、いつも夕方と明け方にあるのよ。私なんか、夕方が来ると体じゅう元気になるわ」

私は、まだ夕方に元気になる人の気持が解らない。一日の始まりは、朝、コーヒーを飲む時からだと思っているし、夕方は、体の力が抜け始めるために、何かをしようという意欲など起らない。友だちとのお喋《しゃべ》りで、力の抜けて行くのを少しの間、止めているだけだ。

「今日の夕暮れは悪くないわ。寒すぎないし、体も疲れていないし、空気もいい色をしている。お酒もきっと、おいしいわね」

そんなことを言うヒミコは、私と同じ種類の人間ではないみたいだ。教室で見せる投げやりな様子もないし、不遜《ふそん》な様子もない。そう思い私は気付く。彼女の物言いや仕草など、少しもいつもと変わっていない。彼女は、十七歳にして、既に、教室に似合わない人間だったのだ。彼女が言うところの世の中の区切り、夕方に、これ程、似合う女の子がいるだろうか。彼女のまるでそぐわない学校での態度は、すべて、夕闇《ゆうやみ》が始まる時のためのものだったのだ。

「ねえ、広尾に、おにいちゃんの彼女のうちがあるから、そこに寄って、着替えて行こうよ」

「え、私、洋服なんか持ってないよ」

「貸してもらえばいいじゃない。そんな格好で、私、一緒に歩きたくないわ」

「ねえ、聞いていい？　どうして、私のこと誘ったの？　私、トモの彼氏のことで、文句を言いに行ったのよ。腹立たないの？」

「別に」

「どうして？」

「だって、あんただって、自分には本当は関係ないって顔してたもの。自分に関係ないことに一所懸命になるって、気持のいいゲームよね。私、そういうゲームで喜んでる人たち、がまんが出来ないの。でも、あんたを誘ったのは、それとは何の関係もないわ。ハイヒールの似合いかけてる脚を持ってるのに、どたどたした靴《くつ》履いてるのもったいないから、教えてあげようと思っただけよ」

「ずい分、親切なのね」

私は、皮肉をこめて言った。少し嫌な気分がしていた。ハイヒールなんて、ちっとも、ファッショナブルじゃないと思っているからだ。私は、背の低い女の人が踵《かかと》の高い靴を履いてるのを見たりすると、何て田舎くさいのだろうと思うし、若い女の子が履いているのを見ても、格好の悪い背のびをしているようにしか思えない。

「私、ハイヒールなんか好きじゃないし、私の年齢で無理するのって、田舎くさいと思うけど」

「あら、女に生まれたからには、絶対にハイヒールよ」

ヒミコは一向に意に介《かい》さないみたいだった。

「女だってことを楽しむのって、素敵なことよ。背中の開いた服やスリットの入ったスカートで、男を振り返らせるのって、最高なんだから」

「軽いって思われてるんじゃないの？」

「軽くちゃいけないの？　ねえ、男と女が惹《ひ》かれ合うのって、すごく動物的なことから始まってるのよ。あんたたちって、もっと、すごく高尚《こうしょう》なものだと思ってるでしょう。だから、人の彼のために、私のところに言いがかり付けに来たりするわけだけどさ、本当は、もっと原始的なものなのよ。あの人と寝たいっていう気持から始まるのよ」

「それだけじゃないでしょう？」

「もちろん、だけど、そこから始まるのよ。精神的なものだけだったら、あんたたちのやってる友情ごっこで充分じゃない。私に言わせれば、あの男の子がいいとか憧《あこが》れたり、皆で騒いだりするのって、すごくいやらしいわよ。どうして、それが男でなければいけないのか、そこんとこ考えて見ればいいと思う。男に興味を持ち出したっていうことは、女としての発情期が始まったってことよ。言っとくけど、これって、いやらしいことでも何でもないわよ。自然なことよ。それに、好きな人と寝たいって思う気持って、すごくロマンティックなことなのよ」

このまま、帰ることだって出来た筈《はず》だ。でも、私は帰らなかった。ヒミコの言葉に不快感を覚えながらも、私は彼女に付いて行った。

「あら、どうしたの？　今日は、お友だちと一緒？」

広尾のマンションのドアを開けた女の人が、まさにハイヒールの似合う美しい大人だったからだ。


まだ足が痛い。昨夜、慣れないハイヒールなんかを履いたせいだ。大きすぎる踵の高い靴の爪先《つまさき》にティッシュペーパーを詰め込んで、私とヒミコは夜の街に出た。お兄さんの恋人の部屋で着替えさせられ、家に電話をかけてもらい、化粧の仕方を教えてもらい、香水のつけ方を習い、格好だけは、いっぱしの大人になったけれども、やっぱり、私は、まだまだ子供。その証拠に、今朝《けさ》の私の足は、とっても痛い。

「私、これからお店に出るところだったけど、やっぱり休んじゃおうかな。同伴するお客さんからキャンセルの電話が来たとこだったし」

ヨリコさんという美しい女の人は、そう言った。もう三年ぐらいヒミコのお兄さんの女なのだそうだ。誰々の女なんていう言葉は、私の周囲にはない。だから、ヒミコやヨリコさんが口に出すと、私は、どきりとしてしまう。なんだかいやらしい感じもするし、秘密めいて悪くないって気もするし。

「ねえ、お姉さん、この娘《こ》ね、まだ男と経験ないんだってさ。びっくりしちゃうでしょ」

「あせることないわよ。好きな男と寝るのが一番なんだから」

「ふうん、私、男なしの生活なんてやだな。そんなに愛してなくっても、男が側《そば》にいないと、私はつまらない」

「ヒミコちゃんは、まだ若いから」

二人がかわすそんな会話を、私は、不思議な気持で聞いている。この人たちは、生活のすべてに男をつきまとわせているんだわ。私は、そう思い、面倒くさくないのかしらとなかば呆《あき》れている。

「お姉さん、いっつもブラウン系の口紅だね。ちょっと地味じゃなあい？」

「でも、彼が好きなのよ。それに見る目のある男って、赤やピンクのより、こういう口紅の方が絶対好きなのよ」

「ふうん、さすが銀座のホステス」

口紅の色すら、男のために選ぶなんて、私には考えられないことだ。マスカラを何度も重ね塗りしたり、耳朶《みみたぶ》にまで頬紅をさしたりするのが、すべて男を心地良くさせるためだなんて。そういうのを媚《こび》というのじゃないだろうか。

「ほら、こっちに来て。あんたにもお化粧してあげる」

「私、いい」

「どうして？　これから出掛けるのに、そんなガキっぽい顔してちゃ連れて行けないわよ」

「別に、私、男の人の視線なんて関係ないもの」

ヨリコさんが、笑った。

「男の人に好かれる程、楽しいことはないわよ。最初に出会って、その女の内面を見抜ける程、男は利口じゃないのよ。外見って大切。綺麗《きれい》な格好してると、とても便利なのよ」

「あ、そうやって、おにいちゃんもものにしたんだ」

「そうよ、初めはね。でも、その後は違う。でなきゃ、三年も続かないわよ。でも、始まりって、わりと、そんなふうに他愛《たわい》もないものよ」

私は、無理矢理、二人に化粧をされた。鏡の中の私の姿は、なんだか不気味に見える。私は、まだ男の人のために装うことを知らない。私の気に入りのローファーやダッフルのコートは、私自身のためのものだ。ヨリコさんの羽織る毛皮やヒミコのストッキングなどは、彼女たちのためのものではないのだろうか。ううん、彼女たちは、とてもそれを気に入っている。彼女たちは、男の人が好きなものが好きなのだ。

六本木を歩くヨリコさんとヒミコを、皆が振り返って見る。六本木なんて、子供っぽいから嫌《いや》だとヒミコは駄々《だだ》をこねていた。

「でも、銀座は知っている人が多いから駄目。六本木のはずれに知り合いの女の子がやってる店あるの、そこに行こうよ」

ヨリコさんは、そう言ってヒミコをなだめていた。六本木は子供っぽいなんていう発想も、私たちの周囲にはない。いったい彼女たちのいう子供っぽいってどういうことなんだろう。

「そうねえ、何て説明したらいいのかなあ。つまり、流行が行ったり来たりしてる内ってすごくガキっぽいのよ。とんがった格好したり、あそこの店が新しいとかね。そういうの田舎くさいし、上等じゃないわ」

ヒミコは水割りを飲みながら言う。私たちの感覚では水割りなんて、おじさんの飲み物って感じだけれど、彼女にはよく似合ってる。よくも悪くも、日本的な匂《にお》いがする。

「上等って、どういうの？」

「あんたも、よく質問する娘ね。ちょっと、言えないなあ」

ヒミコは、脚を組んで煙草《たばこ》をふかしている。とても、私と同じ年齢には見えない。時折、男のお客さんが入って来て、彼女に片手を上げて挨拶《あいさつ》をする。とても、お金持そうな男の人たちばかりだ。

私は、彼らを盗み見しながら薄く作ってもらったジントニックを飲んだ。なんだか頰《ほお》が熱い。膝《ひざ》の後ろに塗った香水が、立ちのぼって来るのを感じる。

「ねえ、上等って何なのよ」

「お姉さん、この娘、酔っぱらって来たみたい」

ヨリコさんは、にこにこしながら、店の女の人と話している。

「あーあ、私も早く、ヨリコ姉さんみたいになりたいなあ。見て、あのダイヤモンド」

「ねえ、上等って、どういうこと？　自然に生きてるのって上等じゃないの？」

「しつこい娘ねえ。自然に生きるなんて考えること自体、不自然なのよ。自然のままでいて、上手《うま》く行くことなんて何にもないのよ。あんたの友だち見てよ。友だちの男に私が手を出したからって、何の関係もないあんたに言いに行かせる。こんな不自然なことないわ。そりゃあ、ぺたんこ靴を履いてもいいけど、不自然を隠すための自然じゃ意味ないわ。足が痛くたって、男の人に好かれるためにハイヒールを履く私の方が、ずっと自然よ」

突然、ヨリコさんが、私たちの方を振り向いて笑いながら言った。

「二人とも、やめなさいよ。上等ってのはね、ハイヒールを履いても痛くならない足を持つことを言うのよ。それとね、足を痛めないハイヒールを買えるってことよ」

私は嬉《うれ》しくなった。ヒミコは拗《す》ねて横を向いた。そうか、彼女の足も痛いのか。思わず、白状してしまったヒミコを私は、なんだか可愛《かわい》いと思った。もちろん、私の足は、もっと痛む。明日、学校に行く時、大丈夫かなあ、なんて、ぼんやり思う私の視界は、酔いで、すっかりかすんでいて、ヨリコさんの真珠のイヤリングだけが目に入る。

Salt and Pepa

卒業式の季節になると、なんだか学校は不思議なざわめきに包まれる。私たちの一番みぢかにいる少しばかり大人の人たちが、どんどんいなくなるって、妙な気持だ。学校に子供ばかりが増えて行くように感じるのは、私たちが段々と大人に近付いて行く証拠かもしれない。

卒業して行く先輩の中に、好きな人がいる子たちは、プレゼントを何にしようかとか、せめて、ずっと思いを込めて見つめていたのを知らせようとか、そんな相談をしていて忙しい。私は、そんな人もいないし、それどころか、まだ恋らしい恋もしたことがないという気楽な身の上だから、たいした授業もないこの季節は、いつも、ぼんやりとしている。

窓から、暖かそうな陽《ひ》ざしを見ていると、幸せな気持で眠くなる。こういう時、好きな男の人がいれば、その人のことを考えて、ただの幸せ以上の想《おも》いに浸れるのになあ。そう思うと、早く自分にも恋する時期がやって来ないかしらって、お願いしたい気持になる。恋する時の泣きたいような気持。それが混ざると、幸せは幸せ以上のものになるような気がする。陽ざしは暖かいけれど、まだ教室の外は寒いのだ。そんなふうに、今、冷静な気持で考えている自分が、なんだか悲しい。

仲よしのノリコなんか、大変だ。憧《あこが》れている先輩が、地方にある国立大学に行ってしまいそうだというので、毎日、泣きそうになっている。受験の最後の追い込みに入っているその人にとっては、それどころではないかもしれないけど、私たち二年生の女の子たちは、恋する悩みで、ざわめいている。

「だってねえ、そりゃあ男の子たちはいいわよ。下級生の女の子が沢山いるから。でも、私たちが三年生になったら、同じ学年の男の子としか、学校で恋をするっていうの出来ないわけよ」

「どうして？」

「あんた、年下の男の子を、その対象として、見ること、出来る？　冗談じゃないわよ。私たちより年下の男の子なんて、まだ子供じゃないの。私たちの年齢って、恋愛の最年少なんだからね」

ノリコの言葉に、私は思わず吹き出してしまう。

「でも、同い年の男の子って、下級生とつき合えるんでしょう？」

「そりゃあ、男は子供相手が上手だから」

三年生になるということで、もういっぱしの大人のようなことを言う彼女が、おもしろいと私は感じる。高校に入って、すぐの頃《ころ》から、彼女は、すぐに男の子に夢中になって、真剣な恋をしているの、どうしたらいい？　なんて、皆に、相談していたのだ。

「本当に、本当に、どうしよう。大学に行ったら、きっと、恋人を作っちゃうわ。ね、私、どうしたらいいの。どうやって、それを止めたらいいんだろう」

「他の人、見つければいいじゃない」

「見つからないわよ。私、自分より、年上の人じゃないと嫌《いや》なんだもの。もう学校の中に、年上の男なんていなくなるんだわ。あーあ、登校拒否したくなっちゃう。はっきり言って、好きな人がいないと、私、学校に来る楽しみなんて、ないのよね」

「どうして、年上がいいの」

「そりゃあ二十五、六とかになったら年下の男でもいいかもしれないけどさ。私たちの年齢で年下なんて。あーあ、子供相手で楽しめる男が羨《うらや》ましいな」

人の年齢が、個人によって違うということが、どうして、私たちに解《わか》るのだろうか。十五歳の大人もいれば、三十歳の子供もいるということを、私に話してくれたのは、大好きだった母だったけれども、彼女は、今、家を出て、若い男の人と一緒に暮らしている。

年上の男の人、か。私は、ノリコの言葉に思わず、呟《つぶや》いた。私は、本当は、こう言いたかったのだ。

年上の人なら、まだ残ってる。先生なんて、どう？　って。そして、私は、言葉を飲み込んだ。お願いだから、黙っていて。私は、もうじき学校から、いなくなるけれども、あの人は、まだ、ここにいなくてはならないんだもの。そう言ったのは、カヨコ先輩だ。私は、誰かにこのことを話したくて、たまらなかったけれども、カヨコ先輩が卒業してしまうまでは、心の中にしまっておかなくてはいけないと感じていた。だって、あの時の二人には、あまりにも、ひそやかな雰囲気《ふんいき》が漂っていて、私のような子供には、それを侵《おか》す権利など、ないような気がしたのだ。

その日、私が、二人を見たのは、偶然だった。けれど、私が、その場を、すぐに立ち去らなかったのは、私の意志だ。私は、ずっと、二人を見ていたかった。だって、あまりにも美しい光景だったから。美しいと言っても、誰もが讃美するたぐいのものじゃない。なんだか、いけないもの。いけないから、よけいに美しく見えるという種類のものだった。

そこには、私の今まで、知らない種類の空気が漂っていた。寒い日だったけれども、周囲は暖まっていた。丁度、今日のような、暖かく見えて、実は、まだ寒い風の吹く春のお天気とは反対だった。今にも、雪が降りそうに寒い曇り空の夕方、けれども、そこの空気は、とても暖かくて、ピアノには水滴が付いていたのではと思えるくらいだった。

私は、音楽室に忘れものを取りに入ったのだ。それも、授業をさぼって読んでいた小説を忘れて来たので、こっそりと忍び足だった。そして、ピアノの側《そば》で、抱き合っているカヨコ先輩と、男の人を見たのだ。

男の人は、音楽の松山先生だった。音楽の先生に似合わず、明るくて冗談ばかり言っている松山先生は、わりと好かれていたと思う。女の子たちが、騒いでいたのを聞いたこともあった。けれど、私は、ぼんやりと考えごとが出来るからという理由だけで、音楽の授業を選択していたくらいの不熱心な生徒だったので、先生の顔も、よく見たことがなかった。だから、一瞬、カヨコ先輩と抱き合っている男の人が、誰だか解らなかった。

松山先生は、いつもかけている眼鏡《めがね》を外《はず》して、ピアノの上に置いていた。そのせいかもしれない。松山先生は、眼鏡を外したひとりの男の人だった。私は、呑気《のんき》に、こんなふうに感じていた。

けっこう、素敵な男の人、だったんだわ。

もちろん、私は、驚いて、呆然《ぼうぜん》としていたのだけれど、そんなふうに思ってしまったのだ。女の人と愛し合っている時って、男の人も素敵に見えるのだろうか。私は、感動していた。先生と生徒の恋を目撃してしまった者としては、あまりにも、不似合いな感動を味わいつつ、立ちつくしていた。

教師と生徒が、こっそりと抱き合っている。この事実は、色々なふうに受け止められるだろう。教師が、何も知らない生徒を誘惑したとか、おませな女生徒が、教師を誘って自分の好奇心を満たそうとした、とか。この事実、他の人に知れたら、可哀相《かわいそう》だわ、と私は思った。だって、誰も、この瞬間を見ていないのだもの。今、私が目にしている情景は、そんな憶測なんて、問題にならないくらいに素敵だ。

カヨコ先輩は、ピアノの前に座っている松山先生の膝《ひざ》の上に乗っている。そして、先輩が首を揺らすたびに長い髪が鍵盤《けんばん》の上で動く。まるで流れているみたいに。二人は、何も言わずに、じっとしているから、髪の流れる音が静かな空気の中で強調される。松山先生の頭をカヨコ先輩が抱えて、指で先生の髪を梳《す》いている。そうされていると、彼は、まるで少年のように見える。あの先生、いくつだったかしら。多分、二十六か七。でも、すごい。あの姿って、まるで、好きな女に甘やかされている少年だわ。若くたって、やはり教師だ。松山先生の授業の仕方には、ちょっぴり威厳だって、あった。それが、どうだろう。年下の女にあやされて、あんなに心地良い表情を浮かべているなんて。男が、女の胸に顔をうずめて、あんなに無防備な様子をさらけ出してしまうなんて、私、知らなかった。そんな顔して、いいの？　ここは学校の中なのよ。見つけたのが、私でよかった、と二人のために思う。私、まだ、本式の恋なんて知らないけれど、少なくとも、他人の恋を思いやれるくらいに大人だわ。

「ねえ」と、先輩が言う。

「好きな男の人の顔を、毎日、見られるような恋が出来て、私、すごく幸せ」

「もうじき卒業式だなあ」

先生が顔を上げて、少し悲し気な声で言う。

「寂しい？」

「うん」

「私、あなたがピアノを弾くのを見るの大好きだった。でも、いつもつまらない曲ばっかり弾いてたわね」

「ひどいなあ。でも、授業で教える音楽は、生徒の好みに合わないのがつらいよ」

「ほんと。だから、私みたいに、教師の顔ばっかり見てる女生徒が出来上がっちゃう訳よ。もっと、生徒の好みを尊重した方がいいわよ。受験に音楽が必要な生徒なんて、ほんのひと握りなんだから」

「何がいい？　生徒の好みを尊重して、何か弾いてあげるよ」

「いいの。こんな時間にピアノの音が聞こえたら、誰か来るわ。変なふうに思われたら嫌だもの。教師と生徒が、普通の男と女だって、認めたくないでしょう、皆」

松山先生は、黙ったままだった。

「私、卒業出来るのが嬉《うれ》しい。そしたら、二人で色々なところにいけるもの。隠れたりする必要ないし。ふふ、でも、こんなこと言ってると、なんだか、私たち、昔の男女交際してるって感じね。馬鹿《ばか》みたい」

先生は、カヨコ先輩を立たせた。そして、彼女の両腕をつかむ。

「昔も、今も、そんなに変わりはないってことだよ。現に、二人とも、お互いの気持を悟られないように毎日、必死になってるんだから」

雪が降り出した。私は寒さを感じない。二人の声には、少しもとり乱したところがなく、雪の舞い落ちるのと同じ速さで私の耳に届く。いつも、こういう会話を交わしながら、毎日を送って来たのだろう。私は、なんだか映画の一場面を見ているような気持になっていた。大きな衝撃や感動を与える激しさはないけれども、絶対に心の片隅《かたすみ》に取って置かれるような映画の一場面。悟られないようにと育てて行く恋は、なんだか、昔から少しも変わらないノスタルジックな匂《にお》いを周囲にばらまくのだ。どんな時代になっても、ひそやかな恋のせつなさは同じような色を持つ。夕《ゆう》陽《ひ》がさせば、すべて、周囲が夕陽の色に染まるように、雪が降れば、恋している二人は雪の色に照らされる。

小さな不協和音がピアノから押し出され、私は我に返る。カヨコ先輩が、後ろ手に鍵盤に手を付いたのだ。そして、心ならずもそうさせたのは、松山先生の唇《くちびる》だ。二人は、静かに口づけを交わしていた。

それを、見続けている自分を、私は恥しいとは思わなかった。だって、彼らは綺《き》麗《れい》なんだもの。松山先生が先輩の背中に手をまわすと、長い髪が手に絡《から》みつく。手が髪を一筋つかんでいるのか、それとも髪が、その手を包み込もうとしているのか解らない。ゆったりとした動き。何もかもが同時に起っている。たとえば、先輩が首を傾ければ、先生の肩は、その動きに従う。先生が、耳に口を付けると、先輩の首筋は、それを促すようにしなる。なんだか内緒話をしているみたい。私は、そう思いつき、納得をする。そうか、二人でキスをするということは、こういうことなのだ。男が女にするのではなく、女が男にされるというのでもなく、愛し合っている二人がキスをするということ。言葉のない内緒話。何を囁《ささや》くのだろう。溜息《ためいき》だけで、愛を語り合うことが出来るのかしら。音を持たない筈《はず》の気配が、私たちに伝わるように、人を愛すると、言葉を持たない愛情が耳や口に流れ込む。

私は、思わず、大きく息を吐いた。そして、その瞬間に後悔した。松山先生とカヨコ先輩が、はっとしたように私を見た。けれど、二人は慌《あわ》てふためいたりしない。少し困ったような表情で、私の方を見詰めている。慌てたのは、私の方だ。だって、他人の愛し合う姿をのぞき見して、そののぞき見していたのが、ばれてしまったのだもの。見られた方よりも、見てしまった方を慌てさせるのは、そこで行ったことが、何の罪も持たない時に限る。二人は、口づけを交わしていただけだ。あの、女の子であれば、誰もが憧れるたぐいの口づけを。

カヨコ先輩は、静かに髪の乱れを直した。松山先生は、それを手伝うように、肩の後ろに髪の束を持って行ってあげる。そして、自分はピアノの上の眼鏡をかける。

二人は見詰め合い、そして先輩が言った。

「明日、あなたの部屋に行くわ、先生」

「七時には、帰ってるよ」

先生が頷《うなず》きながら、そう返した。先輩は、微笑しながら、私の肩に手をまわした。

「行きましょう。話があるわ」

その物言いは、堂々とした大人の女のそれだったので、私は、どぎまぎした。ピアノの方を振り返ると、松山先生は、ピアノのふたを閉めながら、困ったように肩をすくめた。少年みたい。私は、再び、そう思った。

行きましょうと言って、私を促し、背中に触れた先輩の指たちは、ついさっきまで、先生の髪の隙間《すきま》を行ったり来たりしていたのだ。あの時は、やさしくやさしくうごいていたものたちが、今、私の背中を素っ気なく押す。男に対するのと、女に対するのとでは、女の指の暖かみが違うのだ。あの時の先輩の指たちは、本当にやさしく動いてなごやかだった。そんなに松山先生の髪の隙間は、心地良かったのかしら。

私たちは廊下を歩いて三年生の教室の並ぶ階に行った。私たちの教室が並ぶところよりも、はるかに大人びた匂いがする。廊下では、何人かのカップルが窓際《まどぎわ》に寄りかかって、ひそひそ話をしていた。中には、三年生の男の人と私の隣りのクラスの女の子という組み合わせもいる。そうか、あの子、三年生とつき合っているのか。卒業間近の慌ただしい時の流れの中でも、皆、きちんと恋に始末をつけているのだなあ、と私は思った。

カヨコ先輩は、自分の教室に誰もいないのを確認してから、私に、お入りなさいと言った。私たちは、窓際の机に向かい合って座った。

「寒いけど、ごめんなさいね」

私は、首を横に振った。音楽室で見たあの光景を思い出すと、私の心は、熱くなる。

「ずっと見てたの？　私たちのこと」

私は頷いた。

「忘れ物を取りに行ったんです。そしたら、先生と先輩がいて……すぐに、その場から離れようとしたんだけど、足が動かなくって」

「そんなに、おもしろかった？」

先輩は、笑いをこらえたような顔で、私に尋ねた。それも、本当におかしいからではなく、泣きそうな顔を作り変えようとしたら、微笑してしまったというような表情だった。泣くのをこらえるのと笑うのをこらえる顔って似てるわ。私は、ぼんやりと、そんなことを思った。

「おもしろかったとか、そんなんじゃないんです。ただ足が動かなくなっちゃって。

だって……」

「だって?」

「あんまり素敵だったから」

カヨコ先輩は、下唇を噛《か》みながら、窓の外を見たきり、しばらく何も言わなかった。傷つけたのかしら。私は、不安になった。そして、あの時の心の動きを、どうやって説明したらよいものかと、やっきになって言葉を捜した。

「嘘《うそ》じゃありません。なんだか、まるで映画観《み》てるみたいだった。二人共、とっても綺麗に見えたんだもの。私、第一、松山先生があんなに素敵な男の人だなんて、知らなかったわ」

先輩は、ようやく私の顔を見詰めて笑った。

「彼、素敵な人よ」

私は、なんて返事をしたらいいのか、解らない。私が人を愛した時、恋人のことを、こんなに、さりげない調子で誉《ほ》められるかしら。彼、素敵な人よ。私は、不意に、ピアノの上に置かれた先生の眼鏡を思い出して、赤くなった。

「私、彼のこと、愛してるの。あの人の側にいないと胸が痛くなるの。私が側にいない間に誰か彼を傷つけるんじゃないかと思うと、もう駄目《だめ》。だから、私があなたに聞いておきたいのはこのことなの。ねえ、今日のこと、あなた、誰かに話すつもり？」

私は驚いた。そんなことを考えてもみなかったのだ。同時に、その先輩の言葉は、私を少し傷つけた。別にうぬぼれる訳ではないけれど、私は、あの、噂話《うわさばなし》に学校生活を費していく種類の女の子ではないのだ。言わなくても良いことを、わざわざ言いふらしたりするような心ない女の子ではないのだ。

「そんな……ひどいわ。私、全然、そんなこと思ってないもん。そりゃあ、のぞき見みたいなことをしたのは、悪いと思うけど」

私は、泣きそうになって言った。今度は、先輩が慌てて言った。

「ごめんね。のぞかれるようなことしてた私たちが本当は悪いのに……。でも、私、まだ誰にも知られたくないのよ。学校で噂にでもなったら、大問題だわ。私が卒業するまでは、絶対に秘密を守りたいの」

「私が言わないのは……」

こんなことを言っても、良いものかと私は、少し迷った。でも、本当のことなのだ。

「私が言わないって決めたのは、私もどうせ恋をするなら、先輩たちみたいに、素敵にしようって思っちゃったからだわ。あれがもし、不潔でいやらしいように私の目に映ったら、私、もしかしたら、皆に言っちゃおうって、思っちゃったかも」

「ありがと」

先輩は恥しそうにうつむいた。

「私たち、もう一年ぐらい前から、ああなの。私が短大を出たら、結婚しようって話し合ってるんだけど。まだまだ、色々、問題ありそう」

「松山先生って、十歳ぐらい先輩と年齢《とし》が離れてるでしょう?　話とか、合いますか?」

先輩は、笑った。心を許してくれたのだと私は感じた。

「馬鹿ね。まだ子供のとこあるのよ。それとも、私が変に先に進んじゃってるのかな」

「信じらんない」

「どうして?」

「松山先生なんて、私より、ずっと大人の男の人って気がしてた。でも、今日、見た時は、なんだか、ちょっと少年ぽかったわ」

「あの人に、その言葉を伝えたら、さぞかし、笑うでしょうね。それとも、困っちゃうかな」

先輩は、くすくすと笑い続け、そういうふうに水が流れるみたいに笑うのは幸福な証拠だと私は思った。こんなふうに穏《おだ》やかな笑いをいつも身のまわりに漂わせていれば、そりゃあ、いくら先生だって、少年の頃《ころ》に戻ってしまうだろう。私は、カヨコ先輩と松山先生が上手《うま》く行くようにと、心から願っていた。

「私、絶対に、誰にも言わない」

「ありがとう。でも、本当は、皆にばれちゃえばいいのにって思うこともあるわ。いつも私、彼と一緒に眠りたい。朝まで同じベッドにいたことって一度しかないんだもの。その時も、親に嘘ついて、友だちに嘘ついて。段々、嘘が増えてくわ」

でも、あの先生のせつなそうな瞳《ひとみ》。そして、こんなに先生を大切にしている先輩。恋のまわりにある嘘なんて、その恋が本物なら、全部帳消しになる筈だ。

私は溜息をついた。

「私も素敵な恋がしてみたいなあ」

「あなた、素敵素敵って言うけど、素敵な恋は、悲しい気持をいつも引きずっているのよ」

先輩は、ちょっと寂しげに微笑した。

ずっと後で、高校生活を思い出した時って、どんな気持が心の中をよぎるのだろう。私は、そのまっただなかにいるから、まだ解《わか》らない。もう二度とくり返したくないと思うのか、それとも、泣きたいくらいに懐《なつか》しい気分に浸るのか。

泣きたい程に、せつなくて心地良い、そんな気持は、きっと大きなお砂糖の塊《かたまり》が溶け出して来るように甘いものだろう。私は、後で、それを味わうために今を過ごしたいと思う。それじゃあ、その甘いものの塊を作り上げるには、いったい何が必要なのだろう。私は考える。甘い過去を作るには、もしかしたら、恋ってものが必要なんじゃないかって。それも、塩からくて、スパイシィなやつ。すごく矛盾しているけれど、そんな気がする。

塩《ソルト》・アンド・胡椒《ペッパー》。そんな題名のジャズを大分前、父はかけてくれたことがある。あれは、母が、家を出て行った時のことだろうか。私はその時、泣きじゃくり、父は泣かなかったけれども、閉じた瞼《まぶた》は、涙で膨んでいた。あの時、私は自分を、なんて不幸な子供だと嘆き悲しんで、母を恨んだ。今は、もう、大丈夫。思い出の中に棲《す》む母は、キャンディを買ってくれたり、パンケーキを焼いてくれたりして、極上の笑顔で私を包む。時間って、とても便利だ。今だって、毎日、楽しいことばかりじゃないけれど、その内に、ああ高校生活って悪くなかったって、思い出す日が来るだろう。人間が生きて行くことに限って言えば、塩と胡椒は、甘い味つけをするためにある。

私は、あの〈事件〉以来、カヨコ先輩と、ちょっと真面目《まじめ》な話をする仲になった。先輩は、生意気な私の言葉を、いつも、にこにこして聞いてくれた。もう残り少ない先輩の貴重な学校生活に入り込めたことが、私は、とても嬉《うれ》しかった。同じクラスの女の子たちは、私のつき合いの悪さに、怒っていたみたいだ。でも、私は、もうじき学校という枠組《わくぐ》みの中から出て行ってしまうこの美しい人に、少しでも、私を覚えておいて欲しかった。彼女は、私の知らないことを知っている。私は、そう思い、好奇心と憧《あこが》れを混ぜて、先輩を見詰めた。それは、もしかしたら、恋に近い気持だったかもしれない。

そんな私を、先輩は、苦笑しながら見ていたと思う。土曜日の夕方、松山先生のアパートに行くのだけど、一緒に来る？　と尋ねられた時、私は有頂天だった。

「ほんとに、ほんとに、いいんですか?!」

「かまわないわよ、どうせ、彼も、あなたが、私たちのこと知ってるの解ってるし。本当は、あなたを仲間に巻き込んで、口止めしちゃおうって魂胆《こんたん》もあるんだけどね」

先輩は、そう言って笑いながら舌を出した。

「ほんとはね、私、少しほっとしてるの。だって、誰にも見せることの出来ない恋って、すごく苦しいものなのよ」

土曜日、私と先輩が世田谷の松山先生のアパートに行くと、まだ先生は帰っていないらしく鍵《かぎ》がかかっていた。

先輩は慣れた様子で、合鍵を使ってドアを開けた。ふうん、と私は、ひとりで感心していた。他人の鍵の扱いに慣れること。それって、大人の恋の第一歩かもしれないなあ、なんて思っていた。

先生の部屋は、楽譜や本や煙草《たばこ》の吸いがらで、うんと散らかっていた。先輩は窓を開けて空気を入れ替えた。

「部屋を片付けないでくれって言われてるの。散らかり具合にも秩序があるんですって。笑っちゃうでしょう？」

そう言いながら、先輩は、お茶のカップを洗い、お湯を沸かした。

「いかにも、男の人の部屋って感じですね」

「初めて、この部屋に来た時、涙が出そうに嬉しかったわ。その時、まだ、あの人が本当に私のこと好きでいてくれてるのか解らなかったから、せつなくてね。煙草のすいがらを一本持ち帰って、箱に入れて、大切に取っておいたくらいよ」

「ロマンティックなんだなあ」

私は言った。

先輩は、音楽をかけて、おいしい紅茶をいれてくれた。春の夕暮れを、こんな良い香りの中で過ごすなんて最高だと私は思った。それを、そのまま先輩に伝えると、彼女はにこにこと笑っていた。この人を抱きながら、今晩、松山先生は、眠りにつくのだろうなあ、と思うと、私は、息苦しくなった。

「ねえ、先輩、男の人と寝るのって、どんな気持ですか？」

「やあね。どうしたの？　急に」

「だって、私、そういう経験ないんですもん。すっごく、ロマンティックな気もするし、なんだか動物っぽい気もするし、私、よくわかんない。キスまでは、なんとなく予想がつくんだけどさ」

「キスって口を使うのよ。味見をしたら、食べてみたくなるじゃないの」

「えーっ」

「ただし、味見して、その味に恋をしなかったら、食べるまでもないわ。好きな人を味わうって大変なことよ。私は煙草を吸わないけれど、彼の唇《くちびる》を通された煙草の味は大好きになった。そのくらいに、すごいこと。何故《なぜ》だか、色々なことが許せちゃうのよ」

「…………」

　まるで、浄化装置みたいだなあって、私は思っていた。煙草の匂《にお》いなんて、私も大嫌《だいきら》いだもの。私は、部屋の中を、きょろきょろと見まわした。香り高いお茶。それに入れるミルクの匂い。そして、先輩が頭を揺らすたびにこぼれるシャンプーの香り。こんなものを部屋に持ち込む女の人を先生が好きにならない筈《はず》がない。けれど、もしも、先生が先輩を愛していなければ、きっと、この良い匂いたちも、意味を失ってしまうのかもしれない。

「私、帰ります」

「えっ、どうして、彼、もうじき帰って来るわよ」

先輩が困ったように止めるのも聞かず、私は、用事を思い出したと言い訳して、先生の部屋を後にした。なんだか、二人がせっかく形造ったせつない匂いに、私が入り込んで邪魔をするのは許されないことのように思えたのだ。私が恋とは無関係の匂いを持ち込むなんて、うんと野暮ったい気がする。

私は、駅まで歩きながら、先輩と過ごした短い日々を思い出していた。すごく素敵だったわ。卒業式には、なんて言ってあげよう。私は、あの音楽室で見たことも思い出した。あの時、先生は、ピアノを弾いたかしら。そんな筈はないと思う。けれど、私には、ピアノの音を伴奏にして、二人が愛し合っていたような気がする。何が、実際には流れていなかったピアノの調べを私の記憶の中に再現させるのだろう。どうも、恋にくっついているものは、浄化装置だけではないみたいだ。

Keynote

新しい気持というのは、どうして、こんなにも春という季節に似合っているのだろう。新しい教科書、新しい机、新しい友人たち。私たちは三年生になった。気持はわきたっている。けれども、それが不快な緊張感を伴わないのは、春の柔い空気が、色々なものを混ぜ合わせてしまうからだ。ただ、ぼんやりと春の風に身をまかせていると、不安は、暖かさに滲《にじ》んでしまい、くすぐったいような期待だけが、私の心を刺激する。私は、春から初夏にかけてのこの時期が大好き。だって、色々なことを待ち望んでもいいような気がするし、ただ、静かに座り込んでいて、時が流れて行くのを感じているだけでもいいような気もするのだ。

「なんだか私も彼が欲しくなっちゃった」

こんなふうに、ユリは言う。彼女とは、何故《なぜ》か三年間、同じクラスで過ごすことになってしまった。私も、彼女も、つき合っている男の人はいない。他の女の子たちの恋の手助けやら何やらしている間に、そういう機会を逃してしまったのだ。そのことを、いつも二人で後悔すると同時に、私たちは、気軽に恋なんかしないんだから、とひそかに自慢し合っている間柄《あいだがら》だ。

「けれど、やっぱり、春には勝てないわ」

放課後、私たちは、お茶を飲みながら、そう話す。

「どうしてだろうね。人間って、そういうふうに出来てるのかしら」

「そういうふうって？」

「春になると、発情期」

「やだ。動物みたいじゃん、それって」

「人間て、動物よ。それも、心も一緒に発情しちゃうから、始末におえないのよ。私みたいなヴァージンだって、男の人が欲しいなんて思っちゃうんだもの。そう思わない？」

「う……ん」

ユリの言葉に、私は何も言えない。確かに、当たっている。男の人の体を知らない私たちだから、大人の女の人が、男が欲しいわなんて呟《つぶや》く格好の良さなんてないけど、何故かその願いは真実だ。これも春のせいかしら。あったかい空気に包まれていると、あったかいものをつかみたくなる。そして、私たちが、つかみたいのは、自分のことをいとしく思ってくれる男の子。

「猫《ねこ》になりたい気持よ、私」

「なに、それ」

「男の人に、くしゃくしゃって、抱かれたり、頭を、いいこ、いいこって撫《な》でられたり」

「ユリって、動物志願なんだね」

「うん。でも、誰でもいいわけじゃないもん。やっぱり、恋しなくちゃいやだ」

「今度のクラスに、素敵な子っている？」

「そうねえ、まだ、何とも言えないけどさ、ほら、バスケットボール部のあの人

……」

「純一のこと？　あの子、私の幼馴《おさな》じみだよ。でも駄目《だめ》、彼、リエって子とつき合ってるもん」

「そっか」

ユリは、あっさりとあきらめた様子で、他の男の子の名前を二、三、あげた。私は、ぼんやりと純一のことを思い出していた。また同じクラスになっちゃった。私と純一は、新学期の教室で、顔を合わせた時、腐《くさ》れ縁《えん》だねなんて憎まれ口を言い合って笑った。しばらく前には、彼に振り向いてもらいたくて、心を痛めた私だけど、今は、不思議と平静に彼の瞳《ひとみ》を見詰められる。もう、リエに対する嫉妬《しっと》なんて、まったくない。それは、自分でも気持のいいくらいだった。私の恋は片想《かたおも》いのまま、完結してしまったらしい。

「なんだか物足りないなあ。恋のひとつも経験しないで、高校生活を終わりにしちゃうなんて、さ」

「そうね」

私たちは、そんなことを言い合いながら、別れた。私たち、もう何年も生きている。でも、自分の体しか知らない。自分の心しか、探ることが出来ない。これって、まだ子供だって、ことじゃない？

夕食の時、私は父に尋ねてみた。普通だったら、恋についてなんて、親子で話したりはしないだろう。でも、私の家は、母が出て行った時から、ずい分と変わってしまった。母が女であり、父が男であり、そして、私が女になって行くだろうことを隠すことの出来ない家になってしまった。そういう話題から、私を遠ざけるには、父は、あまりにも純粋な男の人だった。

「パパは恋してるの？」

「どうして、そんなことを聞くんだい？」

「だってさ、近頃《ちかごろ》、私、感じてるんだ。私、本当の恋も知らないのに大人になれるのかなあって」

「本当の恋って、何だと思うの？」

「全部欲しいと思うこと。そして、全部あげたいと思うこと」

「なるほど。で、そんな気持になったこと、あるのかい？」

「まだ、ない」

「じゃあ、なるまで待ちなさい」

「つまんないよ、そんなの」

「つまらなくないよ。待つ時間を楽しめない女に恋をする資格なんてないんだよ。

言い変えればね、いつ恋に落ちても大丈夫っていう自信のない女は、むやみに人を好きになんてなっちゃいけないんだ。それは、大人の世界のルールだよ。きみは、今、すぐ、愛している男の前で服を脱ぐことが出来るかい？」

　私は、首を横に振った。だめ、絶対にだめだ。シャワーを浴びて、下着を取り替えて、髪も洗わなきゃいけないし、言葉も用意しなきゃならないし。

「自信ないな、私」

「じゃやめときなさい。でもね、きみが、そういうことを考えるようになったのは素敵なことだよ。食事中だけど、ちょっと、おいで」

　父は、私を寝室に連れて行った。母がいなくなってから、私は一度も、そこに足を踏み入れていなかったことを思い出した。母が出て行ってから、両親の寝室は、ひとりの男の人の部屋に変わっていたのだ。

　父は、引き出しから小さな箱を出した。

「プレゼントだよ。使いかけだけどね。きみが大人になりかけたら、あげようと思ってたんだ。この香りを常に身に着けていなさい。良い香りを身に着ける時間のある女性なら、たいていのことはカバー出来る」

私は香水瓶《びん》を開けた。甘い匂《にお》いがひろがる。この匂い、ずい分と大人っぽい。手軽に吹きつけるような種類ではない。

「ありがと、でも、私に似合うかしら」

「すぐに追いつけるよ」

そう言って父は微笑した。

「この香りに追いついた時、きみはきっと、パパから離れてくよ。ママが、そうだったようにね」

父から渡された香水瓶のふたを開け、鼻先に何度も持って行くことに、私は、その夜を費した。ベッドに横たわり、静かな音楽を流し、母のことや、友達のことを考えた。こんな匂いの中で考えごとをする時には、ジーンズなんか穿《は》いてるの似合わないわ。私は、そう思う。絹のスリップとか、そういう柔くて、体をやさしく包むものを、まとわなくちゃ。でも、私は絹の下着なんて、持っていない。何か代りになるものってないのかなあ。その時、私は、男の人の体なんて、どうかしら、と思いついて、顔を赤くする。ひとつの香水は、実に色々なものを選択するんだわ。その香水を自分のものにした時、自分の好きなものは、おのずから決まって行くのだ。自分の趣味を決めてから、最後のエッセンスとして香水を選ぶ。このことが、普通のやり方だとすると、父が、私に教えようとしていることは、まるで逆。どちらが正しいのかは、今の私には解《わか》らないけれど、とりあえず大好きな父の言うことに従おう。その夜、私は、絹の下着の代わりに、母親の思い出を心にまとい、香りにむせながら眠りについた。明日の朝、目覚めたら、少し大人になっていますように。そう、お願いして、枕《まくら》を抱えて、目を閉じた。

翌朝、登校すると、まっ先に、ユリが私の側《そば》で鼻をくんくんと鳴らしながら言った。

「ねえ、あんたの着けてるの、香水?」

「えっ、まだ残ってる?」

「うん、シャンプーとか、そんなんじゃない匂いがするよ。いい匂い」

「ふうん、自分じゃ、もう感じないけどな」

「やあね、色気づいちゃってさ」

「…………」

どうして、香水っていうと、そういう発想になっちゃうのかなあ。やっぱり、この種の香りって男の人と対《つい》になっているものなのかしら。私から見ると、朝のシャンプーの香りの方が、ずっと媚《こび》を売ってるように思える。自然さを演出しているような気がして、私は好きじゃない。

もしかしたら、次の日、少しは大人になっているかもしれないなんて思って、昨夜は眠りについたけれど、やはり、そんなことはなく、授業は、同じように退屈だし、外はいいお天気なのに、机の前に座っているのは苦痛だし、という感じで、私は、あくびを嚙《か》み殺していた。

いつ恋に落ちても大丈夫という自信。父の言葉を、私は、ぼんやり思い出す。こんなに、やる気を失《な》くしてる今は、絶対に恋になんかに落ちること、ないわ。ああ、困った、どうしよう。そんなふうに思って、頰杖《ほおづえ》をついていると、後ろの男の子が、私の背中をつついた。先生に気付かれないように、振り返ると、彼は、後ろからだよ、という仕草をしながら、私に紙切れを渡した。一番、後ろの席で、純一が大きな体をかがめて、私に合図を送っていた。

紙切れには、こう書いてあり、私を驚かせた。

彼女と別れて、おれ失意のどんぞこ。女の気持ってわかんねえな。助けてよ。純一。

私は、先生の視線を感じたので、紙切れを慌《あわ》てて丸めたのだが、遅かった。先生は、つかつかと私の席に来て、丸めた紙を広げて読み上げた。教室じゅう笑いの渦《うず》だった。私は、恥しさに下を向きっぱなしだった。

「いつでも、私が相談にのってあげよう。なんだったら、放課後、職員室に来るかい？」

「いえ、あの」

「きみの年齢で女の気持など解らないのは当り前だよ。そうは思わんかね」

「はあ」

ばつの悪そうな純一の顔が、私には目に見えるようだった。本当にリエと別れちゃったのかしら。でも、どうして。それにしても、私に助けてよってのはどういうこと？　私は、授業が再開されても、まるで上《うわ》の空で、そのことを考えていた。いくら、前に、彼に対する片想いの気持を持て余していたとはいえ、今さら、どぎまぎする訳はない。過去の恋、そして、今の友情、色々なものが絡《から》み合って、純一に対する好奇心が、新たに、私の心の中に広がって行く。

「もう、おれに何も感じないって言うんだ」

放課後、私たちは、窓際《まどぎわ》に腰かけながら、牛乳を飲み、パンを齧《かじ》った。喫茶店に行くには、おしいくらいの素敵な夕暮れだった。

「あんたは、まだリエのこと好きなんでしょう?」

「わかんねえな。もう何とも感じてないのかも。段々、面倒くせえなって思い始めてさ。その内、あいつの方から、先まわりして、言い出したって言うか……」

「はっきりしないのねえ。あんたも好きじゃないなら、別に落ち込むこともないじゃん」

「はっきりしないから、苛々《いらいら》してるんだよ。なんだか、もやもやしたものが残っちゃってて。最初の頃はよかったな。顔、見るだけで、夢中だった」

「さめちゃったのよ、あんたたち。求め合うことは出来ても、続けて行くことが出来なかったのよ。くっついた、離れたをくり返してるその辺の子たちと同じ」

「冷たい言い方、するんだな」

「知ってた? 純一、私、リエよりも、ずっと前から、あんたのこと好きだったのよ。一番近くにいて、あんたのこと見詰めてた。そして、それを隠すのに必死だった。そんなひとりの女の子の気持に気付きもしなかった鈍感なあんたが、もっと複雑な、つき合っている女の子の気持を理解出来るわけ、ないわ」

「おれのことを好きだったたって、本当？」

「うん。でも、今は、友達としてね。あんたって、いつも何も気付かない。そこが、いいとこなのかもしれないけど、気付かないままでいると、どんな子とつき合っても同じよ。リエも、きっと、色々なこと感じてたと思う。でもね、賢い女の子ほど、あっさりした言葉だけで、関係を終わりにしようと思うんじゃないかな。彼女、あんたに沢山のことを、きっと、言いたかったんじゃないかと思う」

「なんだか、おまえ、ずい分、変わったな」

「どうして？」

「いろんな男とつき合ったって感じ」

「まさか。まだ、私、準備段階よ。もし、彼が出来たら、あんなふうにしたいって思うより、あんなふうにはしたくないってことの方が多いだけ。あとは、解らないことばかりだもの。成り行きにまかせなきゃ」

それから、しばらく、私たちは、窓の外を見ていた。下級生たちのクラブ活動に熱中する声が聞こえる。純一は何も喋《しゃべ》らなかった。私たちは、ただ、ストローで牛乳を吸っていた。まるで、昔みたいな空気が、ふわふわと、そこには流れていた。

どうやら、私と純一がつき合っているらしい。そんな噂《うわさ》が近頃、流れているということをユリから聞かされて、私は啞然《あぜん》とした。

「まさか⁈ どうして私が、あいつとつき合わなきゃならないわけ？ あの人、単なる幼馴《おさなな》じみよ」

「だーってさ。誰だって、そう思うわよ。授業中に、彼女と別れたなんてことが大っぴらになっちゃったし。放課後、二人で、よく帰ったりするしさ。本当に、あんたたち、何でもないの？」

「ないも何も」

でも、考えてみれば、そうだ。人から見れば、私たちは恋人同士に見えるかもしれないけれど、私たちの話すことといったら、ロマンティックな内容とは程遠いものだし、いつもお互いをののしって楽しんでいるような所もある。あの恋と呼ばれるせつない感情とは、まったく違う場所で、私たちは結び付いているというのに。

「がっかりしてる女の子たちもいるみたいよ。彼女と別れたのなら、今度は私がって思ってた人も多いみたいだもん。まあ、私もそのひとりだけどさ」

いつのまにか女の子たちが彼の魅力に気付き始めてる。私は、なんだか誇らしい気持になった。リエとつき合い始めの頃、彼のことを一番理解しているのは自分だと思い、それが、私のひそかな自慢だった。あの時の自分を思い出すと、恥しいと思う。妬《ねた》みやあせりが、心の中で渦を巻いていて、私は、少しも素直な女の子ではなかった。今は違う。そう思うと、なんだか自分を誉《ほ》めてあげてもいいような気がする。私は、暖かい気持で、純一のことを見詰めることが出来る。誰かに盗《と》られたらどうしようなんて、思わない。もし、今、彼が誰かに恋をしたら、なんの思惑《おもわく》もなしに、心から相談にのってあげることが出来るだろう。

そんなふうに思えるようになって来たのと同時に、私は、男の子から、個人的に話をしたいと言われたり、小さな贈り物をもらうことが増えて来た。彼が欲しいだなんて思っていた時には、そんなこと、絶対になかったのに。話をしたこともない男の子が、私のところに来て、色々尋ねたりする時、私は、ただ、不思議な気持で、目を大きく見開くだけだった。男の子たちが、私に目を止めるようになるなんて、思いもしなかったことだ。これは、もしかしたら、純一のおかげってこともあるかもしれない。彼と一緒にいれば、私は、どうしたって目立ってしまうもの。

「そうじゃないと思うな」

ある日、学校帰りの道すがら、彼は言った。

「だって純一、あんた、女の子の注目の的なのよ。そういう子と一緒にいると、自然と皆、私のことにも注目するわ」

「違うよ。だって、おれ、けっこう妬まれてるもん」

「どうすること？」

「どういうことって……おまえ、前より、ずっと良くなったよ。他の女たちみたいに、きゃあきゃあ騒がないしさ。大人っぽいっていうの？　雰囲気《ふんいき》あるよ。なんていうか、家で、テレビなんか見ないで、音楽を聴いて、本でも読んでいそうなっていうか」

「なに、それ」

「よく言えないよ。とにかく、つき合ってみたいなあって、思わせる感じ漂ってるんだ。それを、おれが、とっちゃったんだもんな。散々、言われたよ」

「とっちゃったって。私、純一と恋人同士でも、何でもないじゃん」

私は、笑い出しそうになりながら、彼を見詰めた。彼は、驚いたことに、赤くなっていた。

「ごめん。おれ、言っちゃったんだ。おまえとつき合い始めたって」

「どうして?! 私、あんたにそういう感情なんか持ってないわよ」

「おれも、よくわかんない」

「じゃ、どうして、そんなこと言うのよ」

私は腹を立て始めていた。あんなに純一のことを好きだった時には、少しも私の気持に気付いてくれなかった彼が、ひどく自分勝手のように思えた。

「怒った?」

「まあね」

「ごめん。でも、本当なんだ。おまえはおれのものっていう気持が強くなって来ちゃってさ。誰かとつき合うなんて、考えただけで頭に来ちゃうんだ。お願いだよ、捨てないでくれ」

「ばーか」

私と純一は、顔を見合わせて、吹き出した。捨てないでくれって言葉は、あまりにも、私たちの年頃には、そぐわない。その内、大人になったら、真剣に、この言葉を使うようになったりするのだろうか。そう思うと、あまりにもおかしい。私たちは、いつまでも、くすくすと笑っていた。純一も、思わず言ってしまった自分の言葉が、おかしくてたまらないようだった。心地良い。春の風が私たちに吹きつけて、私のスカートをひるがえす。私は、とても気楽な気持になっていた。幼馴じみって、どうして、真剣さが欠けてしまうのかしら。そんなふうに感じていた。だから、突然に、彼が私の唇《くちびる》に口づけた時は、何が起ったのか解らなくて、一瞬、混乱した。

「ごめん。こういうのも実力行使っていうのかな」

「あんたって、謝ってばっかりいるのね」

「ごめん」

「さっきの、私の初めてのキスだったのよ」

「ほんと？　じゃ、二回目も、もらっちゃおうっと」

彼は、再び、私に口づけた。私が呆《あき》れて、彼の顔を見ていると、彼は、私を抱きしめた。

「三回目も四回目も五回目も、おれがする」

「五回目までていいの？」

私の言葉に、彼は、うろたえていた。なんだか可愛《かわい》らしい。私は、そんなふうに思った。口づけは、私に、彼が男だったことを思い出させた。どうして、唇と唇が触れ合うと、友達同士が、男と女になってしまうのだろう。私の内で、あっさりと、純一は男になった。決心て、いい加減だわ。私はそう思った。前に失恋した幼馴じみでも、気のおけない友達同士でもない人間が、私の目の前に立っていた。私は、眩《まぶ》しいものを見るように目を細めて言った。

「責任とってよ」

私たちは、再び見詰め合い、この古い言葉を気のきいた冗談のように感じて笑った。もちろん、彼は、きちんと責任をとって、私の手をしっかりと握った。私たちは、手をつないで、帰り途《みち》を急いだ。

たった一度や二度のキスで何かが変わるというわけではないけれど、それ以来、私は純一のことを考えている時間が多くなった。鏡を見ると唇に触れたくなる。ここに別な男の子の唇が重なったのだと思うと、何だか不思議な気分になって来る。男の人が他人以上の存在になる時、すべてのことは、唇から始まるのだ。私は、突然、純一をいとしいものとして見詰めるようになった。

前は、ただ彼を欲しいと思っていた。そして、今、手に入れるだけでなく、私の心の内に、彼の面影《おもかげ》を広げたいと思っている。不思議だ。彼を思う時、彼の姿形だけでなく、甘い味のものが、湧《わ》き上がる。酸味のあるものを思い出した時のように、頬《ほお》はくぼむ。そして、ああ、酸《す》っぱいと思いかけたのは、実は錯覚で、本当は、そうでないのだと気付いた時、両頬のくぼみは、微笑に変わる。

もう、私と純一は何でもないのよ、なんて、ユリに言うことは出来ない。私と彼の間には、ひっそりと何かが生まれた。それは、昔とは違って、私にもつかまえることの出来るものだ。純一が、私の心の尻《し》っぽをつかむように、私も彼のそれをつかんでいる。

それにしても、これが恋と呼ばれるものだとすると、ちょっと当てが外《はず》れた気持だ。だって、私のまわりの女の子たちは、うんと騒いだり、泣いたりするのだもの。私の中に激しい感情はない。けれど、内側で、何か別のものが、わくわくとして、震えていて、今にも皮膚をつき破って、現われそうな気がする。恋って、物静かなエイリアンのようだ。

彼に手を握られた時、私は、それ程、感動しなかった。笑って、彼の瞳《ひとみ》を見詰めていただけだ。けれど、後で、その感触を思い出すと、小さく叫びそうになる。そんな時の私の頬は、きっと、赤く染まっている。彼の大きな手や爪《つめ》を、私は、実際に触れた時よりもはっきりと思い浮かべることが出来る。もしかしたら、恋って、生まれる側から、記憶を後に残して行く代物《しろもの》なのかもしれない、とそんなふうに思うのだ。これから、私は純一と会うたびに、記憶を落し物のように残して大人になって行くのだろう。

初めて、純一と体を合わせたのは、それから、まもなくだった。まだ夏休みは始まっていなかった。ベッドの上ではなかった。ベッドに行くまで待てなかったのだ。私は、純一の部屋の木の床の上で彼に抱かれた。彼は、初めてではないと言っていたけれど、初めての私よりも幼なく見えた。恋は、男の人をあせらせる。そして、女の子は、あせることなど忘れて、ゆったりとした動作で、男の人を受け止める。そして、受け止めるには時間がかかる。私は、時の流れが絶対を失って行くのを皮膚で感じていた。それは、やさしい気持になることと似ていた。私は、まだ、そんなに長くは生きていないけれども、身に振りかかって来た今までの不幸を、すべて許せるような気持になっていた。

「何ていう香りなの？　これ」

いつまでも、床に横たわったままの純一が尋ねた。彼は額に汗をかいていて、遊びに夢中になった後の小さな子供のように見えた。

「ミルって言うのよ」

「どういう意味？　すごく高価な匂《にお》いみたいだ」

「一〇〇っていう意味なんだって。ママのなの。私が引きついだの」

「へえ。一〇〇〇回ぐらい、おまえとこうしたいな」

そうしたら、一〇〇〇回もの思い出を落して行くことが出来るだろうか。それも、すべて同じ匂いの異った思い出。そうだといいなって私は思っている。ぼんやりと、そんなことを考えていると、彼は、嬉《うれ》しそうに言う。

「床もこの匂いがする。おまえが帰ったら、どうしよう。ひとりで、こんな気分になるのって耐えられねえよ」

私は、幸福な気分になった。そして、同時に、男の人を可哀相《かわいそう》に思った。香水の呪縛《じゅばく》というのは、きっと、あるだろう。たとえば、私の父のように。恋は消えても、体の記憶力は、かなりのものだ。嗅覚《きゅうかく》は、印象を与えた女の香りをいつまでも覚えていることだろう。私も、同じだ。床にごろりと寝転ぶ大きな動物のようなこの男の子を忘れることはないだろう。

「私、純一のこと好きになった」

「前は、好きじゃなかったの？」

「好きだったわ。でも、今は、もっと好き。確信があるわ。安心出来る。私は、ちゃんと、形のあるものを好きになったのね」

彼は、ただ笑っていた。私の言うことが、よく解《わか》らなかったみたいだ。それは当り前。私と彼という組み合わせに限れば、恋のキャリアは、私の方が積んでいる。

「暑いな。冷房いれようか」

「ううん。今のままでいい」

外は雨だ。雨の季節は、もう終わる。けれど、この日の雨の匂いは、もう二度と嗅《か》ぐことはないのだ。母のつけていた香水と初めての男の人の混じった匂い。私は父を思い出した。これを嗅いでしまったのだもの。パパが、ママを忘れない理由がよく解る。

純一は、起き上がって、音楽をかけた。そして、てれくさそうにシャツを羽織った。私は、いつまでも、彼を見詰めていた。この人、昔は、ただのやんちゃな子供だったのに。そして、私も何も知らない小さな女の子だったのに。

「不思議だな。純一とこんなふうにしてるって」

「おれも。ただのにくらしい幼馴じみだったのに。いつのまにか、二人でこうしてるのが不自然じゃなくなっちゃった」

「どこで、どう変わったと思う？」

「さあ。放課後に、キスをすることが、必要になった時からかなあ」

「好きな人のいない放課後なんて変よね。私、ずうっと、変なことして来たんだ」

私たちは、くすくすと笑った。もしかしたら、大人は、こんな私たちを悪い子と呼ぶかもしれない。真面目《まじめ》じゃないと言うかもしれない。けれど、私たちは、これを自然だと思っている。初めての男の人の体。そして、恋。一〇〇〇回こんなこと、くり返せるかしら。私は望んでる。彼とこうすることで、一〇〇〇個の素敵な記憶を落してく。それが良い匂いの音符に変わり、私たちだけの音楽を奏《かな》でてくれることを。私たちは、まだ子供。けれど、恋する気持は、誰よりも一流だ。

放課後が大好きな女の子たちへ

――あとがきにかえて

良い大人と悪い大人を、きちんと区別出来る目を養ってください。良い大人とは、言うまでもなく人生のいつくしみ方を知っている人たちです。悪い大人は、時間、お金、感情、すべてにおいて、けちな人々のことです。若いということは、はっきり言って無駄《むだ》なことの連続です。けれど、その無駄使いをしないと良い大人にはならないのです。死にたいくらいの悲しい出来事も、後になってみれば、素晴しき無駄使いの思い出として、心の内に常備されるのです。私は、昔、雑誌で、悩みごとの相談をやっていましたが、本当は、他人が他人にアドヴァイス出来ることなど何もないのです。いかに素敵な無駄使いをしたか。そのことだけが、色々な問題を解決出来るのです。学生時代の放課後は、その無駄使いのためのちょうど良い時間帯なのです。と、いうわけで、なあんにも考えずに、恋や友情にうつつを抜かして欲しいものだと、私は思います。無駄使いの道具として、この本が役立つことを願っています。

Special thanks to……

連載中は、マガジンハウス・オリーブ編集部の井上馨さんにとてもお世話になりました。本当にありがとう。機嫌《きげん》直して、魚釣《つ》りにでも行きましょう。

この本を作るにあたっては、新潮社出版部小林加津子さんにとてもお世話になりました。また、ニューヨークにでも、行きましょう。

原稿執筆中は、同居人のだぐりんにとてもお世話になりました。Let's get married.

山田詠美

解　説

堀田あけみ

この作品の単行本とは、数年前の寒い日に書店の店頭で出逢《であ》いました。見かけたり、見つけたりしたのではなく、出逢ったと思わせる美しい本でした。小さめの、薄めの、柔らかい表紙の本です。薄紙に包まれていて、花の模様が霞《かす》んで見えました。そのまでも素敵ですが、美しい手に取られたら、もっと存在感を増しそうな本でした。私はレジでお金を払いながら、ちょっと口惜《くや》しい思いをしました。その頃《ころ》、私は新米ながら、大学の教壇に立っていて、どこから見ても完全な大人でした。スーツにハイヒールでどの本を買おうが構わないのですが、できたら私は、あの薄紙に包まれた本を、学生鞄《かばん》にしのばせたかった。私の鞄の中には、素敵な物語が入っているんだという思いで心の温度を少し上げ、本当に仲の良い友達にだけ「素敵な本なんだわ」って、そっと見せてあげたかった。誰に見せるかまで、もう心に思い描けます。小さくて軽いつくりの本は、その為《ため》にあるような気がしたものです。

この作品のキーワードは少女だと思います。作品中では「女の子」と表されています。男達は年代に関係無く、少女に幻想を抱いているように思われます。女の子達は、現実を強《したた》かに生きていますが、男の抱く幻想も知っていて、ときには小道具を使って少女を演出する術《すべ》も持ち合わせています。

けれど女の子には別の目的に使う小道具も必要です。誰かの目を意識したものではなく自分の為の小道具。例えば、カナは足首に巻いた細い鎖を、普段はソックスの中に押し籠《こ》めています。カズミはシャネルの口紅を、宝石箱にしまっておきます。他人からは見えない宝物。それを持っているか否か、そして友達からそっと見せられたときに、一緒に心の温度を上げるか「そんなの持ってなくても同じじゃん」と言うかが、いい女の子とわるい女の子の違いになるのだと思います。もちろん、ここで言う「いい」「わるい」は道徳的な「善悪」ではありません。いい女の子は将来的に女になって行く準備をしているのです。いい女と呼ばれたり、悪女と呼ばれてしまうこともあるかもしれませんが、一生女でいることでしょう。わるい女の子は、いつか女から離れた、只《ただ》の大人でしかない人になってしまいます。

語り手（主人公と呼ぶには傍観者であり過ぎ、最後まで名前を持たない彼女）の女の子も香水という小道具を手に入れます。これは他人にも香ります。けれど香りの意味は彼女だけのものです。これから先、彼女は、その意味を本当に理解してくれそうな数少い人にだけ、伝えて行くのだと思います。それにしてもパパはいい男だな。

そういう小道具は、少女の時代に限ったものではありません。女になっても、自分の為だけの小道具を持つことで、元気づけられることがあると思います。誰の前でも服を脱がないことがわかっている日に、お気に入りの上等な下着を身につけること。一人きりでゆっくり寝《やす》む為のシルクのパジャマ。私はアンクレットもブーツも大好きなので、見えないとわかっているのに、ブーツの中にアンクレットをしてしまいます。近所の銀細工屋さんは、私がちょくちょくアンクレットの修理を頼むのを訝《いぶか》っているかもしれません。ブーツから足を引き抜くときに、切ってしまうことがあるのです。それでも、見えないときにも身につけていたいと思う。賢いこととは言えませんが、そういった拘泥《こだわ》りを持っている人はいると思うし、そういった女達は私にとって愛《いと》しい存在です。けれど、これらの小道具が一番似合うのは少女の時代です。様々な意味で私は昔の自分より今の自分が好きで、あまり若さが羨《うらや》ましくはありませんが、その辺りはちょっと悔しい。

それらの小道具は、とても大切なものですが、意外と忘れられて行くものです。熱が引くように、いつのまにか消えています。けれど、折りに触れては思い出されるものです。思い出したときには、甘いとしか言えない感情が起こる筈《はず》です。只の物質でしかなかった小道具が思い出として積み重ねられて、その女《ひと》の魅力を作って行きます。でも、甘さにもいろいろあって。ボンボンのような濃密な甘さや、綿菓子みたいに儚《はかな》い甘さ。新鮮な果物のように甘酸《ず》っぱかったり。リキュールみたいに、甘さの後に苦味が残るかもしれない。

この本の中にも、沢山の甘さが詰《つ》まっています。この年頃は、誰でも何をしていても、甘さを漂わせているものです。そんな甘さの中でも、少々痛い甘さです。女の子達は、苦しい選択をしなければならない。

自分の中の命をどうしても見捨てることができなかったカナ。大好きになった男の子と別れて来なければならなかったマリ。恋敵の前に飛び出して行かなかったカズミ。細やかな感受性で、多くの事柄《ことがら》を深く受け止めながらも、傍観者的な役割を演じている語り手の彼女も、両親の離婚に際して父親か母親かという、もしかしたら人生で一番難しいかもしれない選択を経ています。

それなのに、彼女達の物語は、読み手を悲しくさせません。幸せにしてくれる。それはワイドショー的な「他人の不幸は面白い」という幸せではありません。本人達が幸せだから、読んでいても幸せになれます。それは、痛みを無駄《むだ》にしないことから来る幸せです。放《ほう》っておけばマイナスにしかならない様々な痛みは、咀嚼《そしゃく》して味方につけてしまえば、強く優しく魅力的になる為の踏み台になってくれるものです。彼女達は、その手段をちゃんと身につけた女の子で、それだけでいつだって幸せでいられます。

単行本にかかっていた白い帯には濃緑の文字で「主人公は、あなたです」とありました。この作品を、とても上手《うま》く表した文だと思いました。語り手＝主人公と考えると、傍観者的であればこそ、容易に自分に置き換えることができます。そして読み進んで行くと、最後に彼女は見事な主人公となって、素敵な恋をしますから。

本好きの中には、書いてある知識を愛している人と、物質としての本を愛する人とがいます。私は両方です。この作品も、物質ごと愛しています。ですから、文庫本になっても少女が手に取り、鞄にそっとお守りみたいに入れておくのに相応《ふさわ》しい、美しい本でありますようにと祈っています。手に入り易《やす》くなった分、数多くの女の子の鞄や抽《ひ》き出しに宝物が増え、その宝物が彼女達を幸せにしてくれるに違いありません。

つい、女の子を強調してしまいましたが、もちろん女の子に限った話ではありません。この小説は、誰の心も豊かにしてくれる、素敵な小道具になることでしょう。

詠美さんの小説には、素敵な女性が沢山登場しますが、ここにいるのが、その女性達の双葉なのかもしれないと感じています。大人から見れば、取るに足らないかもしれない少女なりの痛みや甘さを存分に吸収して、胸のふくらみや吐息の熱さに変えて行く。

私自身今までに様々な甘さや痛みを通って来たと思います。大人というのは、みんなそうでしょう。それらを通らなければ、年だけくった未熟な人間でしかありません。そして、私は痛みの中で、この痛みは終わらないかもしれないと何回も思いました。そんな気持ちで、この本と向かい合っている人もいるかもしれない。けれど私はあなたが、この物語に心を震わせることのできる素敵な人である限り、順番は巡って来ると思います。

詠美さんは、『チューイングガム』という作品の中で、愛する男を慈《いつく》しむ術を「自分専用のブランケット」で例えています。そして私は今、それを実感しているところでもある。だから、保証はできないけれど、こう言いたいのです。

小道具を大切にし、甘い思い出を積み重ね痛みを無駄にしない日々を重ねていれば、きっとブランケットが見つかる。心にも体にもぴったりの、あなただけのブランケット。

詠美さんの作品から、私はいつも幸せを感じます。どんなに重い話でも、悲しい話でもそこから幸せを感じてしまう。

詠美さんは幸せな方なのだと思います。どのような状況にいても、自分を幸せな状態に持って行ける方なのではないかと思っています。

そして私は、今度はどんな幸せを分けていただけるのかと、いつも待っています。

（平成七年一月、作家）

この作品は平成元年十月新潮社より刊行され、
平成三年十一月角川文庫に収録された。

放《ほう》課《か》後《ご》の音符《キイノート》

新潮文庫　や - 34 - 5

平成 七 年 三 月 一 日 発 行
平成二十五年 四 月二十五日 二十三刷改版
平成三十年 八 月三十日 二 十 八 刷

著 者 山《やま》田《だ》詠《えい》美《み》

発行者 佐藤隆信
発行所 株式会社 新潮社
郵便番号 一六二—八七一一
東京都新宿区矢来町七一
電話 編集部(〇三)三二六六—五四四〇
読者係(〇三)三二六六—五一一一
http://www.shinchosha.co.jp

価格はカバーに表示してあります。

乱丁・落丁本は、ご面倒ですが小社読者係宛ご送付ください。送料小社負担にてお取替えいたします。

印刷・錦明印刷株式会社　製本・錦明印刷株式会社

ISBN978-4-10-103615-1 C0193